Monaco Schandis

„Mord im Eisbach“

Ich möchte all denen danken, die mich dazu motiviert haben, nicht aufzugeben und die Bücher, die ich angefangen habe, zu Ende zu bringen. Ganz Besonders bedanke ich mich für die Unterstützung von Simone Grönemeyer und Helmi Klugmann, die als Versuchsleser und für ein Korrektorat zur Verfügung gestanden haben und Markus Hauzenberger, für die Hilfe bei der Cover-Gestaltung.

Franklynn Stangelmeier

Monaco Schandis

„Mord im Eisbach"

Herstellung und Verlag: BoD – Books on Demand,
Norderstedt
Titelbild: Wellenreiter am Eisbach in München ©
Andy Ilmberger – Fotalia.com
Munich Alps sunset©
Michael Fleischmann – Fotalia.com

ISBN: 978-3- 7347-6050-1

Am Morgen des 22. Juli 2014 joggte Emmi Hintersberger wie schon oft im Englischen Garten. Dabei
führte sie ihr Weg auch am Eisbach entlang. Emmi,
eine Schönheit von 23 Jahren, studierte in München
Wirtschaftsökonomie und wohnte in Haidhausen in
einer Stundenten-WG.
Aus der Uni kannte Emmi viele der Eisbach-Surfer, die
an der Brücke Prinzregentenstrasse Tag ein Tag aus
dem populären Wellenreiten Münchens nachgingen.

Emmi freute sich an diesem Tag auf ihre Freunde, die
sie auf dem Rükweg an der Brücke treffen wollte.
Dort wollte sie Ihnen zusehen, wie sie sich in die
Fluten stürzten, um mit viel Geschick ein Brett aus
Kunststoff durch bayrische Bachwellen zu jonglieren.
Dies taten die meisten noch vor Beginn der Vorlesun-
gen an de Uni.

Doch dann kam alles anders.

Ca. 200 Meter vor der Brücke entdeckte sie plötzlich
einen Surfer im Neopren, wie er am Halteband seines
Surfbretts leblos im Bach lag und nur das Surfbrett
vermied, dass er weiter abgetrieben wäre. Als Emmi
stehen blieb zitterte sie am ganzen Körper und rief
lautstark: „Hey, alles ok bei dir." Als sich nichts rührte
entschloss sie sich, den Mann aus dem Wasser zu
ziehen. Sie zog ihre Turnschuhe aus und stieg in das
eiskalte Wasser des Eisbachs. Dabei schrie sie mehr-
fach laut um Hilfe. Als sie bei dem reglosen Körper
des Surfers ankam, hatten sich bereits erste Schau-
lustige versammelt, die wahrscheinlich dachten,

Emmi wäre die Surferin. Sie schrie: „Helft mir bitte jemand, wir müssen ihm helfen."

Keiner rührte sich. Plötzlich sprang ein junger Mann zu ihr. Beide versuchten mit aller Kraft, den leblosen Körper des jungen Mannes aus dem Wasser zu ziehen. Nur leider hatte sich das Surfbrett so verkeilt, dass das nicht so einfach war. Die Halteschlaufe musste also irgendwie gelöst werden. Emmi schrie: „Hat jemand ein Messer, eine Schere oder irgendwas anders?" Ein kleiner Junge kam zum Bach und versuchte ihnen seine Bastelschere, die er aus seinem Schulranzen genommen hatte, zuzuwerfen. Endlich, beim dritten Versuch klappte es und Emmi konnte die Halteschlaufe lösen. In dem Moment löste sich auch der vermeintlich Verunglückte und sie hatten Mühe ihn festzuhalten. Mit allerletzter Kraft konnten sie ihn zum Ufer bugsieren und zwei Passanten zogen den jungen Mann aus dem Wasser. Emmi und ihr Helfer kletterten hinterher. Als sie wieder am Ufer waren, mussten Sie leider feststellen, dass der junge Surfer schon tot war. Sie forderte die Menge auf, die Polizei zu rufen, und schaute sich zeitgleich das Gesicht des Toten an. Sie dachte sich nur „Gott sei Dank, ich kenne ihn nicht." Es war keiner ihrer Freunde von der Uni. Mittlerweile kamen auch immer mehr Surfer von der Brücke angelaufen. Sie versammelten sich um den Jungen und plötzlich sagt einer: „Das ist doch der Paul, der ist letztes Jahr mit Jura fertig geworden." Und ein anderes Mädchen sagte: „Ja genau, der war schon meistens um 5.30 Uhr da, um noch vor seiner Arbeit etwas zu surfen. Von weitem hörte man die

Sirenen der herbeigerufenen Polizei. Emmi begann zu frieren. Das kalte Wasser des Eisbachs ließ sie erschauern. Ein freundlicher Herr legte ihr seinen Pullover um, damit es ihr wenigstens etwas wärmer wurde, als auch schon zwei Beamte in Uniform auftauchten und fragten was los sei. Emmi sagte: „Ich habe diesen jungen Mann im Eisbach gefunden. Er hatte sich mit seinem Surfbrett verkeilt und lag regungslos im Wasser. Wir haben ihn dann rausgezogen. Er war aber leider schon tot." Die Polizei bat die Passanten etwas von der Leiche wegzutreten und sperrte den Bereich mit Trassierband ab. Einer der Beamten überlegte was zu tun sei. War es ein Unfall? Als er sich nicht sicher war, funkte er die Zentrale an und bat um Unterstützung durch die Mordkommision. Zu diesem Zeitpunkt hatten zufällig die Beamten Steininger, genannt Steini, und Krockberger, genannt Krocket, Dienst. Naja, was man so Dienst nennt. Steininger frühstückte ausgiebig und Krockberger behandelte seine Kopfschmerzen vom Vorabend mit Aspirin. „Hey Krocket", sagte Steiniger „warst gestern scho wiada beim Saffa." „Jaaa", entgegnete Krocket „zufällig wiada amoi im Biergarten versumpft. Die fünfte Maß war scheise, da war was Unrechts drin.", Steini lachte. „Ja des kenn i, der foische Hopfa oder a schlechts Moiz.

Bei da fünften kriagst dann an Zuckaschock und der verbappt as Hirn. Do kimmt des Kopfwäh her. Gä, nimm da doch oane vo meine Weißwirscht und a Weissbia dazua, des is fui bessa wie die scheiss Aspirin." „Du moanst a Kontahoibe dad heiffa?" „Freili wosn sonst." Das Telefon läutete. „Na jetza gehma no ned hi. Es is fui zfria", murmelte Steini. „Des is bestimmt blos da Oid der seine Berichte wui, der konn wartn." Plötzlich ging die Tür auf und Kriminalrat Schmitz stand im Büro: „Ja hören Sie das Telefon nicht?" „Welches?", fragte Krocket. „Na das was vor Ihnen steht." „Ach des? Offensichtlich schebats." „Bitte wie, was ist schebats?" „Ja s'leid hoid." „Es klingelt Herr Kriminaldirekter", erklärte Steini in gebrochenem Hochdeutsch. „Im Englischen Garten wurde eine Leiche am Eisbach gefunden. Die Kollegen von der Trachtengruppe sind sich nicht sicher, ob es ein Unfall war." „Scheise a Leich, dann los." Steini und Krocket gingen hinunter zum Parkplatz. „Muast du eigentlich immer no die bläden Strohschua und Muskelschirts mit Janker oziang? Des drogt ma heid nimma." „Is ma wurscht, i finds geil", entgegnete Krocket. „In Miami Vice hams des a oghabt und ham wos vo ihram Gschäft verstandn. Und außerdem, moanst du das deine Duanschuah mit Jeans und Poloshirt bessa ausschaung?" „Jedenfois foi i neda so auf wia du", grunzte Steini. Als sie vor Krockets Auto standen, sagte Steini: „Na heid ned, kim mia nemma mein Wong." „Warum? wos hostn gega mein 78er Camaro, der is doch supa." „Des is doch peinlich, die hoitn uns für Zuahäita und koane Bolizistn." „ Ja und, dann hams wenigstens Respekt."

Krocket stieg ein und ließ den Wagen an. Als Steini die Türe schloss, steckte Krocket sich erstmal eine Zigarette an. „Boah los des do, des is furchbar", sagte Steini. Völlig unbeeindruckt stoß Krocket den Wagen zurück und schaltete seine eigens eingebaute amerikanische Polizeisirene ein. Mit Vollgas aus dem Hof fuhren sie dann Richtung Prinzregentenstrasse. Kurz nach dem Altstadttunnel sahen sie schon die Menschenmenge an der Surferbrücke, doch Krocket machte keinerlei Anzeichen zu bremsen. „Los des, ned scho wida", sagte Steini. Als der Camaro in Höhe der Brücke war legte Krocket eine saubere 180er Drehung hin und kam genau vor der Brücke zum Stehen. Die Beamten in Uniform kamen sofort auf sie zu. Als Steini austeigen wollte, sagte der eine: „Do is Halteverbot, farns weida." Krocket stieg aus und sagte: „Häää aufbassen gä, mia san die vom Mord." Der andere Kollege in Uniform sagte: „Ach du Scheise da Krocket. Hast jetza wiada Dein Auftritt?" „Wos hoast Auftritt, I bin der ermittelnde Beamte und jetzt gähts aufd Seitn." Wie Highnoon in einem Western schritten Steini und Krocket auf die Menschentraube um den Toten herum zu. Der ein oder andere konnte gar nicht verstehen was nun geschah, obgleich der komischen Aufmachung von Krocket.

"Machts Blotz, lossts mi duach. Wer hodn die Leich gfundn?"Emmi meldete sich zu Wort: „IIICHHHHH", stammelte sie zittrig. Für einen Moment hielt Krocket inne. Er konnte diese jugendliche Schönheit kaum glauben. Es fuhr ihm durch Mag und Bein. „Wir sind die Kommissare Steininger und Krockberger und sollen uns das mal anschauen", sagte Steini. „Heee Krocket mach an Mund zua, es ziagt." Alle lachten. „Emmi und wie weiter?" „Emmi Hintersberger." „Krocket schreib auf", rief Steini seinem Kollegen zu. Beide Kommissare standen über dem Toten. „Weiß jemand wie der heißt?" rief Steini. Der junge Mann meldete sich wieder zu Wort: „Der heisst Paul" und

ging langsam auf die Beamten zu. „Und sie sind?"
„Mein Name ist Peter Strobl." „Aha", sagte Krocket
und machte sich Notizen. Steini schaute sich den
reglosen Körper genau an.

Nach einiger Zeit fiel ihm auf, dass der Tote nicht nur
an einem Fuß ein Mal von der Halteschlinge des Surfbretts hatte, sondern auch am anderen Fuß. „Du Krocket, moanst Du des is normal, des hod ma do immer
nur an oam Fuass, oder?"

„Sie Herr Strobel, sagen Sie mal, wechselts Ihr die
Schlingen öfter." „Eigentlich nicht." „Gut, dann brauchen wir die Spusi und da Ratzi muss kommen."

„Häääää Trachtler, bring die Leid wegga und sperr im
200 Meter Umkreis ois ob. Mid deim schena Bandl",
sagte Krocket zu einem der uniformierten Beamten.
„Wenn i a Trachtler bin was bistn dann du? Du Zuhäl-
ter-Verschnid." Steini lachte: „Jetza spärrns hoid bitte
ob und ruafand Spusi und an Ratzi." Ratzi ist eigentlich Dr. Ratzke, der Gerichtsmediziner. Im Kreise der
Beamten liebevoll Ratzi genannt. Krocket ging zu
Emmi und fragte nach ihrer Adresse und Telefonnummer:" Ich brauche noch Ihre Adresse und Telefonnummer." „Innere Wiener Strasse 8. Telefon
01698/223456576." „Sie frieren ja immer noch, wartens kurz." Krocket zog sein ausgebeultes Leinensakko aus und legte es Emmi um die Schulter. „Vielen
Dank Herr Kommissar, da wird mir gleich wärmer."
„Ok, deswegen hab ichs ja gemacht." „Wann haben
Sie den Toten gefunden?" „So um 10 vor 6. Ich jogg
hier jeden Tag und da viel mir auf, dass da einer regungslos an seinem Surfbrett hing." „Und sonst ist
Ihnen nichts aufgefallen?"

„Eigentlich nicht, nur vielleicht, dass ich ganz alleine war, sonst sieht man um die Zeit schonmal andere Surfer, die sich bis hierhin treiben lassen und aus dem Wasser klettern." „Und heute war keiner da?" „Nein heute nicht. Irgendwie komisch." Krocket ging zu den anderen Surfern und fragte: „Haben Sie was bemerkt oder gesehen?" In einem Ton sagten alle „Nein." „Und warum ist heute keiner hier aus dem Wasser gestiegen? So um ca. 10 vor 6 oder früher?" „Im Moment ist zu wenig Wasser", sagte Peter. „Da kann man sich höllisch verletzen. Deswegen steigen wir im Moment alle weiter vorne aus dem Wasser." „Ok Danke. Hääää Trachtler", rief Krocket wiederum. „Ihr schreibts jetza olle Nom vo di Anwesenden und vor allem dene Surfer auf. Mid Telefonnummer gä." Steini kam hinzu und sagte: „Sie können alle heimgehen, wenn die Kollegn Ihre Adressen haben, wir melden uns wenn wir Fragen haben." „Gilt das auch für mich", fragte Peter Strobel. Steini antwortete: „Wo können wir Sie heute am besten finden?" „Ich bin normal mittags in der Uni-Mensa, genauer im Cafe an der Uni in der Ludwigstrasse", führte Strobel aus.

„Ok, ich schreibe es mir auf, wir melden uns, wenn notwendig", sagte Steini und Peter Strobel begab sich auf den Weg in die Uni. Zu diesem Zeitpunkt kamen nun auch die Kollegen von der Spuresicherung. Fünf Beamte in schönen weißen Papieranzügen mit gro-ßen Alukoffern. „Seids a scho do", sagte Krocket. „Mir ham a nowas andres zum doa als uns mid eich rumz-umschlong. Was hamman?" „An doudn Surfer, do liegt a. Komisch is, er hod zwoa Male an die Fiaß und

ned blos oans von da Halteschlinge", sagte Steini. Der leitende Beamte der Spurensicherung war Hauptkommissar Stangl, der nun begann seine Leute zu instruieren: „Schorsch, du magst bitte Fotos vo ollem und Melli du nimmst ma bitte Bodenproben rund um die Leich. Heinz, schaug dassd Fusspuren findsd, die verwertbar sand und machst Abdrücke. Charly, du muast leider ins Wossa. Schaug obst bei dem Gestrüpp dohintn Spurn findsd, die Äst schaung obbrocha aus. War der Ratzi scho do?" „Na, den hams mid eich gruafa", sagte Krocket. „Ok, dann lossma D'leich no a weng so ling, da Doc soi erscht hischaung", meinte Stangl. Als sie sich wieder von der Leiche abwendeten kam Dr. Ratzke zusammen mit ein paar städtischen Bestattern. „Griaß di Ratzi", sagte Krocket, „Schaust scheiße aus, da is der do no schänna ois du", Steini lachte. Dr. Ratzke war ein Mittfünfziger, unverheiratet und wie man sich einen Junggesellen, der selten die Sonne sieht, vorstellt. Bleiches Gesicht, Strickjacke und Cordhose, darüber seinen weissen Kittel. „I hob ned fui gschlaffa und no vier Doude aufm Disch. Regts mi ned auf.
Boandlgrama gähts her und drahtsn um bitte", sagte Dr. Ratzke. Die Mitarbeiter des Bestattungsdienstes halfen ihm den Toten umzudrehen. Er nahm sein Leberthermometer, um den Todeszeitpunkt festzustellen, und steckte es dem toten Surfer bis in das innerste der Leber. „31,2 Grad", murmelte er. „Und Doc wann issa obgnibbelt?", fragte Steini. „Schwer zum song, vielleicht gega 5.15 Uhr vielleicht a spada, des Wossa is koid, da gäd des neda so genau. Mera noch der...." „Obduktion", sangen Steini und Krocket

im Chor. „Na guad, dann backmas mir wida und wartn auf eiern Bericht, servus nachad." Steini und Krocket gingen zurück in Richtung des Camaros als Krocket sagte: „Du schaug, dsonn scheint so sche, da hint warad da chinesische Turm da kanntma." Steini unterbrach ihn sofort: „Es is grod hoibe 11fe mir mias ma jetze erst a moi des Umfeld vo dem Doudn klärn." „ Ah gä des hod do Zeit, hi issa jo scho." „Na Krocket mir fahrma jetzta zu dem Strobel und schaung a moi, ob der uns mera song ko wo der Doude glebt hod." Als sie beim Auto ankamen machte Krocket eine furchbare Entdeckung. Ein Abschleppwagen zog seinen Liebling auf die Ladefläche. „Hoid, schtob des issa Bolizeieinsatz." Der Mann vom Abschleppdienst hielt kurz inne: „Sorry ich habe den Auftrag von Ihren Kollegen da hinten. Es steht im Halteverbot und wird abgeschleppt." „Segst des host jetza vo deim Trachtlergschwätz." „Jetzta danns des Auto runter es is doch koa Problem", sagte Krocket mit bittender Stimme. „Nein, tut mir leid, Sie können gerne zur Aufbewahrung mitfahren, zahlen und es dann wieder mitnehmen." Alle stiegen in den Abschleppwagen ein. Steini war sichtlich sauer auf Krocket. Der seinerseits eher stinksauer auf seine Kollegen der Trachtengruppe war. „Des zoi i dene hoam, wirst seng", schnauzte Krocket. Steini war da anderer Meinung: „Jetza loss hoid, segst doch wos dabei rauskimt." Der Huckepacktross bewegte sich langsam Richtung Trudering, wo die Verwahrstelle war. „Scheißverkehr", murmelte Steini. Um 11.45 Uhr kamen Sie endlich dort an. Der Camaro wurde abgeladen und Krocket ging zum Leiter der Verwahrstelle:"Was bin ich schuldig." „300 Euro", antwortete der freundliche Kollege. „300 Euro, ja spinnts Ihr, das ist das Allerletzte." Steini sagte: „Jetza zoi hoid, bist doch seiba schuid." „Steini, konnst du mir 300Euro gem?." „Warum", entgegenete Steini, „Wärst woi no hom, oder?"

„Naaa nochm Biergartn gestan war i noch im, du woast scho." „Ok, Krocket as letzte Moi. I kriag eh scho 150gi vo dir." „Steini hatte immer 500 Euro dabei. Seit seiner Zeit beim Drogendezernat hatte es sich bewährt, wichtige Informanten mit Zuschüssen zu motivieren. Alles auf Spesen natürlich. Steini gab dem Kollegen von der Verwahrstelle 300 Euro, um endlich wieder ihrer Ermittlung nachgehen zu können.

Krocket war knatschig als sie zurück in die Innenstadt fuhren, wo sie an der Uni versuchen wollten, Peter Strobel zu treffen. Der hatte Ihnen gesagt hatte, er habe heute Vorlesung und wäre gegen Mittag in der Mensa.

In der Ludwigstrasse suchte Krocket einen Parkplatz. Normalerweise wäre er direkt vor die Uni gefahren, nur diesmal war ihm das Abschleppen genug, man weiß ja nicht was da noch alles so käme. „Suppa 500Mäta zfuas geh", schnauzte Krocket, als er einen passenden Parkplatz fand. Sie stiegen aus und gingen zum Unicafe in der Ludwigstrasse. Dort fragten sie einige Studenten ob sie den Peter Strobel kannten, als dieser zur Tür hineinkam. Er ging auf die zwei Beamten zu „Sie suchen bestimmt mich." „Ja", antwortete Steini „Wir haben noch ein paar Fragen, setzen Sie sich doch bitte." Eine Stundentin kam auf den Tisch zu und fragte: „Was darf ich bringen?"

Krocket antwortet: „ A Weissbier und an Obstler"
Sofort fiel ihm Steini ins Wort: „Zwei Kaffee und zwei
kleine Wasser und was mögen Sie, Herr Strobel?" „Ich
nehme ein Weissbier", antwortete der Stundent.
Krocket kochte vor Neid: „Warum därf der und i
ned?" fragte er. „Weil mir im Dienst san, zifix", antwortete Steini. Als die Stundetin weg ging, sah Krocket das fantastische Fahrgestell. Einen kleinen so
strammen Knackarsch. Er konnte es sich nicht nehmen lassen, die Stundentin mit einem Klaps auf den
Hintern und den Worten: „Thäräs, brav is in Richtung
Theke zu schicken. Nur die drehte sich um und verpasste Krocket eine „Mortswatschn." „Hä, im Wirts-
haus machtma des a so" rief Krocket ihr zu und das
ganze Cafe lachte. Krocket nahm kurz die Vereinsfar-
ben des FC Bayern an und begann Peter Strobel zu
befragen: „Sie kennen den Doudn haben Sie gesagt?", fragte Krocket während dem er sein Notiz-
buch aufklappte. „Nicht direkt. Er hat vor zwei Jahren
Jura abgeschlossen, da habe ich gerade erst angefangen. Ich hab ihn auf ein paar Parties getroffen. War
eigentlich ganz cool drauf." „Was heist eigentlich?",
fragte Steini. „Naja er verließ die Parties meistens
schon um 11, während wir bis um vier weitergefeiert
haben, war aber am nächsten Tag trotzdem viel ferti-
ger als die anderen.
Ich dachte mir halt immer der hält nix aus." „Meinen
Sie er ist von den Parties noch woanders hingegan-
gen?", fragte Krocket. „Kann sein, so genau weiß ich
das nicht, aber vielleicht fragen Sie mal bei der BetaAlpha-Verbindung. Da war er, glaube ich, dabei,

obwohl er immer den Eindruck machte er sei eher pleite als zu so reichen Stundenten zu gehören."
„Wo sind die?", fragte Steini. „Die finden Sie in der Gabelsberger. Da gibt's das Kambutrien -Haus.", antwortete Strobel. Die Stundentin kam zurück zum Tisch und hatte ein Tablett mit den Getränken dabei. Sie stellte Steini und Krocket Kaffee und Wasser hin und das Weißbier zu Peter Strobel. Krocket griff instinktiv zum Weissbier wobei Steini ihn stoppte: „Hä", „ok" murmelte Krocket nur. Steini sagte zur Bedienung: „Zahlen bitte, alles zusammen." „Macht 9,80." Steini gab ihr 10 Euro und sagte: "Basst scho." Die Bedienung bedankte sich und wendete sich ab. Plötzlich drehte sie sich nochmal zu Krocket um und sagte im lupenreinen Bayrisch: „und nix fia unguat" und gab Krocket einen Zettel. Steini fragte sofort: „Was städn drauf?" Krocket antwortete: „A Handy-Nummer." „Sonst nix?", fragte Steini erstaunt nach. „Na, sonst nix." Krocket dachte sich es ist eine Einladung zum Date und das wohl klar war, dass der „Bopodatscher" halt immer noch zieht.
Hätte er zu diesem Zeitpunkt gewusst, warum ihm die Bedienung die Handynummer gab, wären viele Dinge über den Fall klarer gewesen. Aber so steckte er den Zettel ein und nahm sich vor, bei Gelegenheit anzurufen um ein Date auszumachen.
Sie tranken ihren Kaffee aus. „Lassen Sie sich ruhig Zeit, mit Ihrem Weissbier", sagte Krocket mit einem schnippischen Unterton. „Mia backmas wida." Als die zwei das Café verließen, begann Steini zu philosofieren: „Wos wird jetza der nach de Parties gmacht ham und in soana Verbindung sand doch eigentlich nur so

reiche Birschal. Offensichtlich hod der Paul aber ned so fui Geid ghabt." Plötzlich klingelt Krockets Handy: „Krocket." „Servus, da is da Stangl. Mir hams Zeig vom Doudn gfundn. 400 Mäta weida im Abfalleimer. Da is a a Ausweis dabei. Er hoast Paul Wiedmann und wohnt in da Nymphenburger Str. 6. Des san die neian Nymphenburger Häf. Sonst nur normale Sachan, Handtiachi, Jeans, säckin, nix bsondas. Mir nehmas mid zur Analyse."

„San Schliassl dabei?", fragte Krocket. „Na komischerweise neda. Vielleicht hods da täta midgnumma." „Ok, Stangl, merci derweil", bedankte sich Krocket und legte auf. Die ham die Sahan vom Doudn gfundn. 400 Mäta weida in am Abfalleimer. Er hoasst Paul Wiedmann und wohnte Nymphenburger Str.6. Des san die neian Nymphenburger Häf", berichtete Krocket von seinem Telefonat. „Leida koa schlissl." „Mei, dann ruaf i a moi a boah Uniformierte und an Schlüsseldienst." Steini nam sein Handy aus der Tasche und rief in der Zentrale an: „Bassts a moi auf. Schicktsma a Streif ind Nymphenburger 6 bei Wiedmann und an Schlissldienst fira Diaäffnung." Die Zentrale bestätigte den Auftrag und Steini legte auf. „So jetza fahrma zur Wohnung Wiedmann und wartn auf die Kollegen. Und du benimmst di Krocket, i wui ned scho wida nach Trudering Fahrn." „ Is ja ok, basst scho. Aber i dawisch die Deppn schon no." Am Auto angekommen öffneten sie zeitgleich die Türen und stiegen ein. Das tiefe Blubbern des 8-Zylinders nach dem Anlassen war Gold für Krockets Ohren. Steini fand es einfach nur peinlich. Der US-Car-Fan drehte den Camaro in einem Zug auf der Lugwigstrasse um und fuhr zügig Richtung Odeonsplatz.

An der Kreuzung Oskar-von-Miller-Ring mussten sie vor der roten Ampel anhalten.

„Sche is scho unser Minga", sagte Steini. „Freili, wos anders kimt äh neda ind Ditn. Ausser Miami vielleicht", sympathisierte Krocket.

Die Ampel sprang auf Grün und es ging weiter über die Brienner-Straße zum Königsplatz vorbei am Obelisken und in die Nymphenburger Straße. Als sie auf den Stiglmayerplatz zufuhren sagte Krocket: „Du schaug as Löwenbräu, wos moanst?". Steini verneinte erneut: „Mir miasma uns jetza die Wohnung oschaung und es is scho hoibe zwo und mir wissen nix über den Doudn." „ Ja und Mittog is scho lang vorbei und i hob an morz Hunger", beschwerte sich Krocket. „Hunger, du moanst woi Durscht", bekam er zur Antwort.

„Schaug hi do rechts muasses sei. Sägst wos?", sagte Krocket als er auf einen der Balkone schaute. „Neopren und Surfbrett aufm Balkon. I wätt do is." Die Streifenbeamten waren schon da und warteten auf sie. „Servus" begrüßten sich alle mehr oder weniger gleichzeitig. Aus Richtung stadtauswärts kam ein Mann mit blauem Kittel auf sie zu. Das musste wohl der Schlüsseldienst sein. Krocket traute seinen Augen kaum. „Hä Mustafa willst Du zu uns?" „Oh man der Krocket, werd ich dich denn nie los?" „Ja Mustafa, seit wann gehst denn du einer ehrlichen Arbeit nach?"

„Seit dem ich drauss bi vor acht Wochen." „Wenns ihr jetza do fertig seids mid eira Wiedersehensfeia kannt ma neigeh und uns die Wohnung oschaung.", sagte Steini. Durch die Eingangstür und zum Aufzug waren es nur ein paar Meter. Das Haus sehr aufwendig gebaut, Marmor, Edelstahl und alles machte einen extrem edlen Eindruck. „In welchem Stock war jetza des mit dem Neopren und Surfbrett?", fragte Steini. „Im dritten", antwortete Krocket und drückte die Aufzugholtaste. Alle warteten und schauten gespannt auf die Aufzugstür. Als sich diese plötzlich öffnete, kam ihnen ein Mann im teuren Anzug und einem Trolley entgegen, der weder grüßte noch einen respektvollen Blick auf die Beamten warf. „Unfreindlich san die Leid heidzdog", murmelte einer der Streifenbeamten. Krocket drehte sich nochmal um und schaute dem Mann hinterher. Er sah, dass aus dem Trolley ein Stück Neopren hing und rief: „Hallo, warten Sie kurz bitte." Der Mann drehte sich weder um noch ging er langsamer. Krocket hatte so eine Ahnung: „Steini da is was faul, den schnapp ma uns." Steini und Krocket liefen dem Mann hinterher.

Als sie ihn eingeholt hatten stürzte sich Krocket sofort auf ihn und hielt ihm seine auf hochglanzpolierte Magnum-44 an den Hinterkopf. Steini deckte Krocket mit seiner amtlichen Walter-PPK und Krocket legte dem Mann Handschellen an. „Was ist in dem Koffer", fragte Steini. Der Mann antwortete sehr überrascht: „Que ce. Que voi, ho fatto niente." „Oha", sagte Krocket. „Der hod uns ned verstandn, isa Itaka. Konst du italienisch Steini?" „Wos I, na." „Can you please open your lugagge", versuchte es Steini auf Englisch. Das schien der Mann zu verstehen. „No Problemo", sagte er und öffnete den Trolly. Das, was aussah wie ein Neopren, entpuppte sich als Turnmatte. „Da is woi a Entschuidigung fällig", sagte Krocket. „I äm so sorry sir, we are in a very bad gangstershow. Please excuse us we thought You are one oft them" sprach Krocket dem Italiener zu, während er den Strassenstaub von seinem Anzug klopfte. Der Südländer, sichtlich noch in Schockstarre meinte nur: „Bene bene", packte seinen Trolley und ging die Nymphenburger Straße stadteinwärts, stieg in ein Taxi und fuhr davon. Die Beamten gingen zurück ins Haus und fuhren mit dem Aufzug in den dritten Stock. „Krocket, as nächste Moi basst a weng auf."

„Jo, i hob ma hoid denkt woast.", verteidigte sich Krocket. „Los as Denga einfach, des konnst du ned richdig", sagte Steini, während der Lift in den 3.Stock summte. Angekommen, hatte Mustafa die Wohnung schon geöffnet und die Streife sah sich bereits um. „Merci Mustafa, die Rechnung schickt eh dein Chef ans Präsidium und brav bleiben sonst besuch ich dich wieder mal"
„Nein Krocket nicht notwendig.Da leg ich keine Werte drauf."
Mustafa ging zum Lift und fuhr hinunter. Krocket sah ihm noch kurz durchs Fenster nach."Steini, den hob i amoi verknackt wia i no beim Raub war. Des war der beste Autoknacker den i je kennaglernt hob." „Aha", meinte Steini nur, „Kannt ma dann ofanga." Als sie endlich in die Wohnung gingen hatten die Streifenbe-amten bereits mit der Suche nach Hinweisen begon-nen.

Als Krocket zu einem der Beamten ins Bad ging, sah er, dass dieser keine Handschuhe trug. Das kam ihm gerade recht: „Hääääää Trachtler", rief er mal wieder, „Wards la auf da Bolizeischui oder auf das Bamschui, mächst du viellicht a moi a bar Handschuah oziang?" Der Beamte schaute verdutzt und endschuldigte sich gleich: „Mönsch, dös höb isch jö vergässn." „A Ossi a no", murmelte Krocket zu sich, als er das Bad wieder verließt: „Jetzt schleichts eich mir brauchma eich do nimma, bevor ois mit eire Fingerabdrück voi is."
Die Streifenbeamten verließen die Wohnung und fuhren mit dem Aufzug zum Ausgang hinunter, wo sie wieder in ihren Streifenwagen stiegen und davonfuhren. Steini nahm sich das Wohnzimmer und den Schreibtisch vor. Krocket ging ins Schlafzimmer. Als er die Decke des Doppelbettes anhob sah er verschiedenste Flecke und Haare auf dem Bett. Es sah nicht nach einer normalen Benutzung aus. Er öffnete die Schublade des Nachtisches und fand ein Großpackung Kondome. „Du, i glaub des war a Dauervögler. Kondome Spermaspuren und Hoar in olle Variationen aufm lakn." Steini antwortete „Okä, i hob do a Notizbiachi mit lauter Adressen und Telefonnummern von Frauen drinna. A Boa san rot a boa geib und a boa grea markiert, komisch". Krocket kam zu ihm ins Wohnzimmer. Auf dem Tisch sah er einen Aschenbecher in dem eine Zigarette mit Lippenstift lag. Daneben stand ein Glas. Er nahm das Glas und roch daran. Whiskey, Single Malt. Glen Moran, dachte er sich. Als Steini im Schreibtisch eine halbleere Packung Viagra fand sagt er zu Krocket: „Verstäh i ned, der war doch no so jung? I glab mir brauchma a do d'Spusi. Wos

moanst?" „I glab a. Im Schlafzimmer häd i gern die Hoar und Spermaspurn analysiert, vielleicht ko ma DNA zuordnen oder so." Steini nahm sein Handy aus der Tasche und rief die Zentrale an: „Servus, da Steini is. Schickts uns bitte dSpusi in Nymphenburga 6, Wohnung Wiedmann, volles Programm mit DNA-Spurenanalyse."

Auf der anderen Seite der Leitung kommt ein kurzes: „Verstandn, Spusi Nymphenburger 6, Wohnung Wiedmann." Mittlerweile war es drei Uhr nachmittags. Steini und Krocket warteten immer noch auf die Spurensicherung. „Was hamma jetza eigentlich?" fragte Steini. „An Doudn Surfer im Eisbach, der Anwalt is, in na deiren Wohnung an der Nymphenburger glebt hat, in einer Studentenverbindung war und gern rumgvögelt und Single Malt getrunken hat." Krocket erwiderte: „Bis auf die Surferei warad des für mi ah ok."
„Mia miasma uns die Stundentenverbindung vornemma und dann nomoi die Zeing befrogn", merkte Steini an. „Aber nimma heid Steini. Du da vorn warad da Löwenbräukeller, wos moanst?"
„Ach Krocket, du mit deina Sauferei reitst di nomoi ins Unglück. I mecht no gern den Weg vom Wiedmann vo do zum Eisbach obgeh und heid aufd Nacht gäd mei oide in Yoga, da muas i auf die Gloa aufbassn."
Steini war 41 und hatte vor vier Jahren geheiratet. Er hatte eine kleine Tochter von drei. „Friara waradsd glei dabei gwen", sagte Krocket. „Ja mai, i kons a neda ändern. I bin hoid ned der ewige Junggsei wia

du." Als die Kollegen von der Spurensicherung eintrafen gaben Steini und Krocket nochmal gezielte Anweisungen, was wo zu finden sei und verabredeten sich mit den Kollegen für den nächsten Morgen im Präsidium.

Sie verließen die Wohnung Wiedmann um 15.45 Uhr und verabschiedeten sich vor dem Haus. Steini wollte den Weg zum Eisbach zu Fuß abgehen und Krocket ging mal wieder alleine in den Biergarten. Den ganzen Weg von der Nymphenburgerstraße 6 bis zum Eisbach dachte sich Steini, nach was er überhaupt suchen wollte. Am Odeonsplatz ging er links und dann direkt Richtung amerikanische Botschaft. Und dann hielt er plötzlich inne. Videokameras, Wachpersonal, das könnte einen Hinweis bringen. Er ging auf die Wachen zu und sagte: „Hi, I'm from the German Police, we have a murder-Case and maybe you can help us. Do you have Videos from this part oft the Street or know who was working here in the morning at six?" Einer der Wachen antwortete: „Ned schlecht, dei Inglisch. Freili hammir Videos und mir wissma a wer heid in da fria Dienst ghobt hod.
Nur song derfma nix. Da muast an Antrag stäin, bei da Botschaft, dann gäds vielleicht." Steini schaute etwas erschrocken: „Naja ok, dann red i a moi mid da Staatsanwoitschaft, die soin si darum kimman. Merci, servus." Steini ging weiter Richtung Eisbach. Dort angekommen, stellte er sich an die Brücke und schaute ein wenig zu. Elegant schauten die Burschen und Mädchen schon aus, die sich so geschickt durch die Wellen schlengelten. Für einen kurzen Moment dach-

te er sogar, er könne es ja selbst mal probieren. Aber den Gedanken verwarf er wieder. Es war schon 17 Uhr geworden, als er sich auf den Heimweg machte. Er ging zurück und stieg am Odeonsplatz in die U-Bahn und fuhr nach Hause, nach Neuperlach.

Vom Tag gestresst schlief er ein und wachte erst wieder auf, als es aus dem Lausprecher in der U-Bahn schalte: „Nächster Halt – Neuperlach Süd." Steini rieb sich die Augen und stieg aus. Als er den Aufgang hinaus ging, klingelte sein Handy: „Servus, da is da Ratzi, mia miasma üban Oduktionsbericht redn, do gibt a boa interessante Sahan." „Sorry Doc i konn heid nimma muas Baybysittn, aber da Krocket is im Löwenbräu, vielleicht triffstn ja dort." „Ok Steini, dann fahr i do a moi hi, pfiad di." "Pfiad di.".

Steini ging nach Hause. Er sah sich wie jeden Tag um und dachte, schön ist es hier nicht. Naja, aber ist halt so. Mehr konnte er sich nicht leisten und Rita schien glücklich. Lisa, seine kleine Tochter, hatte gleich einen Spielplatz um die Ecke und der Kindergarten war auch nur einen Steinwurf entfernt.

Zu Hause angekommen, schloss er die Tür auf und fuhr mit dem Aufzug in den siebten Stock. Seine Lieben warteten schon auf ihn. Seine Frau Rita nahm ihn in den Arm und seine Kleine Lisa hing an seinem Hosenbein. „Schön Schatz, dass es geklappt hat, ich muss gleich weg. Lisa hat schon gegessen und für dich ist was im Kühlschrank." Sie packte ihre Sporttasche und huschte in den Aufzug. „Na Lisa, jetza macht da Bapa erst a moi Brotzeit und dann schauma a moi ok?" „Jaaa", sagte Lisa, „Brotzeit." Sie gingen hinein und schlossen die Tür hinter sich.

In der Küche ging Steini als erstes an den Kühlschrank, um sich die versprochene Brotzeit herauszunehmen. Doch was fand er vor? Joghurt, Gurke, Tomate und Orangensaft. „Brotzeit, i glab i spinn. Koa Bier, zi fix." Lisa lachte. „Koabi zi fix", versuchte sie ihrem Vater nachzusprechen. Steini dachte sich, beim nächsten Mal geht er einfach wieder mit Krocket mit, dann klappts wenigstens mit der Brotzeit. „Aber moing in da fria, da hoid sie da Bapa wieder Wiesswirscht und a Weissbier im Biro." Steini ging ins Wohzimmer und Lisa dackelte ihm hinterher. Als er sich auf die Couch legte, kuschelte sie sich ganz eng an ihn und beide schliefen ein.

Dr. Ratzke hatte mittlerweile einen Parkplatz am Löwenbräukeller gefunden und ging in den Biergarten. Er schaute sich um und versuchte Krocket zu finden. Auf einmal hörte er von hinten: „Ratzi wos wuisstn du do." „ Ah Krocket i muas mid dia überd Obduktion redn. Da Steini hod koa Zeit mehr ghabt. Schaug a moi her." Dr. Ratzke schlug die Akte mit dem Obduktionsergebnis auf und zeigt sie Krocket. Der schaute zuerst auf die Todesursache: Ertrinken und dann auf die Überraschung im Toxbefund: Viagra im Blut. „Damit is klar, dass er sei Viagra seibst gschluckt hod. Mir ham jede Menge bei iam dahoam gfundn. Gä Doc drink a Maß mit mir ok?" „Na wennst mi scho a so frogst dann gern." Krocket stand auf und ging zur Schänke. „Gib ma zwoa Helle bitte." Der Schankkellner machte zwei Maß voll und Krocket trug sie zurück zum Tisch. Es war 20.00 Uhr geworden und Doc Ratzke und er saßen immer noch im Löwenbräukeller. Es machte auch nicht den Anschein, dass die beiden Junggesellen nach Hause gehen wollten. Niemand erwartete sie. Krocket mittlerweile 43 hatte ein Loft-Appartment in der Dachauer Strasse. Die ehemalige Werkstatt hatte er vor Jahren mühevoll umgebaut und zu einem Prunkstück gemacht. Trotzdem wartete niemand auf ihn. Krocket der eine wahnsinnige Wirkung auf Frauen hatte konnte auf viele Episoden mit verschiedenen Frauen zurückblicken, aber was Ernstes wollte er nicht. Das würde nur Ärger bringen. Doch seine grauen Schläfen, seine gletscherblauen Augen und seine sportliche Figur sowie die kleinen altersbedingten Falten machten ihn für die Frauenwelt zum Objekt der Begierde.

„Da Steini hod heid Joga" frotzelte er. „Naja ned er sondern sei Oide, er muas babysitten." „Jetzt sei ned eifersüchtig, du verbringst fui mehr Zeid mit iam als sei Familie, vergiss des ned. Da muas so a babysittn scho a moi drinnad sei. Gä i hoi uns no zwo." Doc Ratzke stand auf und holte zwei weitere Maß an der Schenke. Einige Liter später begann das Personal des Biergartens die Bänke hochzustellen und die Tische abzuräumen. Doc Ratzke sagte zu Krocket: „Du Krocket i muas jetza geh. Die mahan eh zua." „Aber Auto fahrst ma nimma gel Doc." „ Na i ruaf ma a daxi und los mi hoamfahrn." Beide standen auf und verließen den Löwenbräubiergarten.

Krocket begleitete den Doc noch zum Taxi und machte sich dann selbst auf den Weg in Richtung Dachauer Straße. In der kleinen Eckkneipe - Hafen für verlorene Seelen-, in der er häufiger anzutreffen war, brannte noch Licht.

Da er noch nicht ins Bett wollte, ging er hinein wie eigentlich jeden Abend auf dem nach Hause-Weg. „Servus Krocket, ein Bier wie immer?", fragte Briggs. „Bevor ich mich schlagen lasse", antwortete Krocket. Briggs war eine große stattliche Blondine. Zwar etwas in die Jahre gekommen, hatte sie aber immer noch alles was man sich als Mann wünschte. Krocket dachte immer wieder darüber nach, wie es wohl wäre, hatte aber gleichzeitig Angst davor zu erschrecken, was da unterm Rock und dem Bustier zu finden sei, des Alters wegen.

Deswegen hielt er sich lieber zurück. Briggs stellte ihm sein Bier hin: „Da Krocket, wohl bekomms." Krocket fummelte eine Schachtel Zigaretten aus der Tasche: „Des is mei letzte, zi fix. Egal is eh ungsund." Briggs sagte zu ihm: „Du kannst ruhig drinnen rauchen, ist eh keiner mehr da und ich sperr jetzt zu." Wenns du zusperrst dann geh ich aber, ich will dir nicht deinen Schlaf rauben." „Nein, passt schon. Es kommt eh keiner mehr und ich rauch noch gern mit dir und trink meinen Wein." Briggs steckt sich auch eine Zigarette an und setzt sich neben Krocket auf einen Hocker. Sie schlug ihre langen Beine übereinander und lehnte sich mit ihrem Ellenbogen auf die Theke. „Na Krocket, warum hast jetza du noch keine Frau? Beamter, hübsch, gut gekleidet und so nett. Ich verstehe es nicht." „Ach Briggs das haben wir doch schon x-mal bespriochen, weil ich keine mag. Ambulant schon aber fest nicht. Und warum fragst mich das gerade du? Du bist doch auch alleine, fehlt dir nichts?" „Doch freilich, aber ich bin nur enttäuscht wordn, von allen. Und jetza steh ich da, schau mich im Spiegel an und merke wie die Schönheit langsam verblasst. Es ist noch alles am rechten Fleck aber nicht mehr ganz frisch und dann überkommt mich die Einsamkeit." „Als ob du heute keinen mehr haben könntest. Jetzt tu nicht so." „Ja schon, aber die sind alle nur Bierdimpfin und wo soll ich denn andere kennenlernen?

Ich habe hier meine Kneipe, die ernährt mich und hier hab ich auch meine Freunde." Briggs streichelte bei diesem Satz leicht über Krockets Haar. Dem wurde ganz warm und er dachte wieder daran, dass es wohl besser wäre abzuhaun als etwas zu riskieren. „Krocket, wie alt bist du jetzt?", fragte Briggs und legte ihren Arm um ihn. „Dreiundvierzig." „ Da bist doch im bestn Alter, ich bin 53 und fühl mich immer noch jung." Naja, ob Briggs etwas gelogen hatte bzgl. ihres Alters oder wirklich 53 war konnte Krocket in diesem Moment nicht beurteilen, schließlich hatte er einiges intus und deswegen kamen wieder die Zweifel: 53 das ginge ja, dachte er sich.

Als es zwei Uhr wurde und Briggs dazu überging das Bier nur noch in Flaschen hinzustellen, entschloss er sich, nun doch endlich den Heimweg anzutreten. Die kleine Kneipe war zwar sein zweites zu Hause, aber schlafen wollte er auch irgendwann.

„Briggs, zahlen, ich muß nach Hause." „Bleib doch no
ein wenig, ich mag noch nicht schlafen".

„Ich hab morgen Dienst, sorry und wir habeneinen
komplizierten Fall". Als er seinen Geldbeutel hervor-
holte lächelte Briggs ihm zu und sagte: „Lass Krocket,
ich danke dir für den schönen Abend, bist eingeladen." Krocket nahm Briggs in den Arm und bedankte
sich bei Ihr. In diesem Moment sah er die Tränen die
über ihre kleinen Lachfalten unter den Augen rollten.
Sie flüsterte ihm leise ins Ohr: „Bitte nimm mich mit,
lass mich nicht alleine, heute nicht." Und da war es
wieder sein Problem.

„Ok, aber du schläfst auf der Couch." „Ja, nur lass
mich nicht alleine." Krocket und Briggs schlossen die
Tür der kleinen Kneipe von außen zu und gingen hinüber auf die andere Straßenseite. Hier wohnte Krocket im Dachgeschoss. Sie gingen hinauf und er öffnete die Tür zu seinem Loft. Als sie hineingingen fragte
Briggs: „Kann ich bei dir duschen?"

Er antwortete: „Freilich, ist alles im Bad, geh nur."
Das Bad, war sehr offen gestaltet. Nur eine Meuer
mit Glasbausteinen gestaltete die Trennung vom
Wohn- und Schlafraum. Während Briggs hinter der
Mauer verschwand, zog Krocket seine Schuhe aus
und holte sich noch ein Bier aus dem Kühlschrank. Er
legte Briggs eine Decke auf die Couch und sich selbst
in sein Bett. Jedenfalls schlief er ein, bevor Briggs zu
ihm zurück kehrte. Eine halbe Stunde später wachte
er auf, Briggs saß kniend über ihm, splitternackt.
Oh mein Gott dachte sich Krocket, das ist genau das
was ich vermeiden wollte. Doch was er sah war ein
Paradies.

Eine wunderbare Frau. Eine deutsche Kim Basinger dachte er sich und als Briggs begann ihn auszuziehen war es vollends um ihn geschehen. „Briggs, sorry, aber lass mich auch noch schnell unter die Dusche", sagte er. In Eindeseile verschwand er und duschte sich kurz ab. Zurück im Bett wurde er bereits erwartet. Beide spürten diese Anziehungskraft der erotischen Magie und gaben sich, was sie brauchten. Glücklich schliefen sie dann ein.

Am nächsten Morgen klingelte um acht das Telefon. „Hääää Krocket mir ham an Foi wo bleibstn du faule Sau", fauchte es am anderen Ende. „Wos is, wer isn do überhaupt?" „Steini, Kollege, Bolizei." „Achdu scheise, i kim glei." Krocket legte das Handy wieder auf die Seite und drehte sich um. Neben ihm lag Briggs. Er schaute nochmal unter die Decke, um auch sicher zu sein, aber beide waren nackt. Langsam kam er zu sich: „Ach Du scheise die Oide oh mann hob is doch schegsuffa zi fix des woid i ned." Krocket holte sich frischen Unterwäsche und ein Shirt aus dem Schrank und und ging kurz ins Bad. Nach der Morgenwäsche zog er sich an. Danach kam er nochmal zum Bett und versuchte Briggs zu wecken. Nach einigen Minuten klappte das auch. Sie sah ihn an und sagte: „Krocket, mein Liebster. Du bist der erste der zu mir deutsche Kim Basinger gesagt hat. Hmmmmm es war so schööööööööööön." Briggs griff nach Krockets Hose und zog sie ihm wieder aus runter. Als Krocket versuchte ihr zu sagen, dass er verpennt hat und sie einfach nur die Tür hinter sich zuziehen musste, umarmte sie den kleinen Krocket zärtlich mit ihren schönen Lippen und er verfiel ihr erneut.

Nachdem beide schweissüberströmt nebeneinander lagen sagte sie: „Ich danke dir, du hast mir gezeigt, dass ich immer noch eine attraktive Frau bin, das war wahnsinnig schön. Jetzt zieh dich wieder an und geh zum Dienst, die brauchen dich."

Krocket sprang erneut unter die Dusche und dann in seine Klamotten worauf er sich auf den Weg machte. Zuerst wollte er sein Auto holen. Dazu ging er von der Dachauer zur Sandstrasse und dann wieder hinüber zur Nymphenburger wo er den Camaro abgestellt hatte. Um 9.30 Uhr kam er endlich im Büro an. Als er die Türe öffnete und dabei leise pfiff, traute Steini seinen Augen kaum. „Krocket, bist krank, guade Stimmung wia kimmts?" „Nix nur so." Als Krocket sich an seinen Schreibtisch setzte kam Kriminalrat Schmitz zur Tür herein: „Und meine Herren, schon Ergebnisse?" Steini versuchte den Stand zusammenzufassen: „Also, der Tote heisst Paul Wiedmann, Jurist, 28 Jahre alt, wohnhaft Nymphe 6, Eisbachsurfer, schmeißt regelmäßig Viagra ein und trinkt gern Single Malt Whiskey." Steini hatte seinen Satz kaum beendet da kam der Leiter der Spurensicherung Hauptkommisssar Stangl hinein und rief dazwischen: „Und hod mindestens mit sechs verschiedne Weiba und drei verschiedne Manna SEX in seim Bett ghabt." Betretenes Schweigen im ganzen Büro. „Hamm mir was vergleichbares in der DNA-Datenbank, Stangl", fragte Krocket. „Na nix, sorry."

Kriminalrat Schmitz drehte sich um: „Na ich sehe schon Sie machen das" und verließ das Büro wieder.

„Ok Steini, wia gehmas o. Mir ham no die Studentenverbindung und a erneute Zeugenbefragung, vielleicht bringt uns des weida. „ok, dann fang ma mid da Studentenverbindung o." Das Telefon klingelte, Steini nahm ab. „Servus Steini, da Doc is. Is da Krocket scho do." „Freili, wira leibt und lebt." „Mach an Lautsprecher o, i muas eich no wos verzein." „Is o." „Mir ham heid in da fria endlich a die DNA vo di Hautreste kriagt, die da Wiedmann unter die Fingernägel ghabt hod. Und stäids eich a moi vor wos dabei rauskemma is?" „Jetzt spann uns ned aufd Foita, sog scho." „Die DNA basst zu oana DNA vom Sperma vom Bett aber a irgenwia a zu am Hoar." „Danke Doc des häift vielleicht." Steini und Krocket machten sich auf den Weg zum Parkplatz, als Krocket sagte: „Du, mir nemma heid a moi den Dienstwong ok?" „Du, irgendwos is los mid dir i merk des do, sog scho." Krocket dachte darüber nach ob er es Steini erzählen sollte.
Am Ende fände er das peinlich, also begann Krocket auf seine alt bewährte Angeberei zurückzugreifen: „Ausgvägelt hob i mi a moi wiada, sonst nix." „Und war die Glückliche, die Bedienung ausm Uni-Cafe?" Krocket blieb stehen: „Die woid i do oruafa, zifix. Des mach i heid no unbedingt." „Oiso wenns die ned war", fragte Steini erneut, „Wer wars denn dann?" Krocket wich erneut aus: „Mei kennst du ned irgendoane hoid." „Jetzt bass a moi auf, i bin dei bester Freind, jetzt sogstas mir." „Briggs", wimmerte Krocket leise in sich hinein. Steini blieb stehen: „Die geile Oide aus deiner Stammkneipn?" „Ja." „Sauba, die häd mir a gfoin." „Wos du findsd die sche?" „Ja warum denn neda.

Moanst du, Du bist schenna?". Da sagte Krocket nur noch:"Do bin i jetza aber beruhigt, i häd gmoant du lachst mi aus wegam der Oidn." „Na, dad i nia, 66 is doch no ned oit" Steini hielt sich vor Lachen den Bauch und fiel in sich zusammen: „Krocket, sowas bassiert a nur dir." „Die oidi Chefin ausm Chezmonique." Chezmonique war ein einschlägig bekanntes Etablissement, in welchem Steini vor vielen Jahren mal wegen Drogen ermittelte. Und da sie auch aktenkundig war konnte sich Steini gleich an sie erinnern. Krocket konnte grad gar nicht lachen und meinte nur: „Für 66ge is di aber a Göttin." Steini lachte weiter."Spaß bei Seite, lass uns fahrn." Auch wenn Krocket den Dienstwagen vorgeschlagen hatte, so war er sichtlich unzufrieden. „Sparsam sans scho diese neien gä? Und so leise. Ois elekdronisch. Aber scheisefad." „Mein Gott ma muas mid da Zeid gäh Krocket, Du konst ned ewig a Auto fahrn wos 20 Liter Sprit bracht." Über die Brienner zog es die zwei Kollegen bis zur Nymphenburger. Dort bogen sie kurz rechts ab und nochmal rechts und fuhren die Gabelsberger herunter. „Schau do is", sagte Krocket. Kambutrien-Haus. „Bleib steh." Sie stiegen aus dem Auto und gingen ins Haus.

Dort wurden sie von einem freundlichen Herr empfangen. „Sie wünschen?" Krocket antwortete: „Steininger und Krockberger, Mordkommision" und hielt dem Concierge seinen Ausweis direkt vor die Nase. „Wir wollen zur BetaAlpha-Verbindung." „Da muss ich Sie enttäuschen, die Herren sind beim Studieren und möchten nicht gestört werden." Steini hörte plötzlich ein lautes Stöhnen und lachen. „Hod

des wos mid studiern zum dua wos mir da härn?"
Krocket schob den Concierge auf die Seite und ging
mit Steini die Treppe hinauf.

Als sie an der Tür anklopften war plötzlich Totenstille.
„Aufmachen Polizei", rief Steini. Sie bekamen keine
Antwort. „Steini, do is Gefahr im Verzug oder?" fragte
krocket. „Freili und auf geht's." Krocket zog seine
44er und nahm Anlauf.

Mit einem kühnen Sprung sprengte er die Tür zur
Stundentenverbindung aus den Angeln. Was sie sahen war wenig erfreulich. Die Fenster waren geöffnet
und auf einem Futonbett lagen Kondome und zwei
Flaschen Champagner. Als Krocket zum Fenster ging
sah er auf der anderen Straßenseite zwei Mädchen
und zwei Jungs um die Ecke verschwinden.

Sie durchsuchten jeden Raum der Verbindung und bis
auf die Kondome konnten Sie keine besonderen Be-
obachtungen machen.

Es hingen lauter Bilder an der Wand von alten Säcken
in Roben mit Säbeln und Schwertern, schwere Kost.

Plötzlich klopfte es. In der Eingangstür stand ein edel
gekleideter Herr und stellte sich den Herren vor:
„Guten Tag, mein Name ist von Kramerstein, der
Concierge hat mir gesagt es gäbe Ärger?" „Ärger?
Weiß ich nicht, wer waren die Leute die hier gerade
gevö…., äh pardon Geschlechtsverkehr hatten?" „Ich
denke nicht, dass Sie das was angeht.

Ich bin der Rechtanwalt der Studentenverbindung
und weise Sie darauf hin, dass es keinerlei Indizien
gibt, was auch immer Sie hier suchen, die es rechtfer-
tigen hier einzubrechen."

34

Krocket war langsam verärgert: „ Wir haben hier normal angeklopft und um Öffnung gebeten. Haben gesagt, dass wir von der Polizei sind und dann haun die einfach ab, ist das normal?" „Also, ich möchte mich hier nicht zu lange aufhalten. Ich werde nun kurz telefonieren und dann klärt sich die Sache schon." Von Kramerstein nahm sein Handy aus der Tasche und wählte. „Ja, hier Kriminalrat Schmitz", schallte es auf der anderen Seite. „Rudi altes Haus hier ist Traugott, Traugott von Kramerstein. Hier stehen grad zwei Deiner Cowboys vor mir, die die Stundenverbindung meines Sohnes auseinandernehmen." Krocket ahnte bereits was nun kam und schob mit seinem Fuß die drei Kondome zu Steini hinüber. Der wiederum stellte seinen rechten Fuß drauf. „Gib mir mal einen von denen Traugott. Ich kläre das." Von Kramerstein reichte Steini das Handy: „Hier, Sie werden gewünscht."

„Steininger." „Was in aller Welt haben Sie dort zu suchen. Verschwinden Sie sofort, da gibt es nichts zu tun, haben Sie mich verstanden?", schrie Schmitz ins Telefon. „Ja Herr Kriminaldirektor, natürlich, gerne." Steini gab das Handy zurück und bückte sich nach seinen Schuhen. Er tat so als würde er die Schnürsenkel zubinden und holte die Kondome unter seinem Schuh hervor, die er dann in seinen Socken verschwinden ließ.

„Sehen Sie meine Herren es hat sich schnell geklärt und nun einen schönen Tag noch." Ziemlich sauer verließen sie die Studentenverbindung wieder. „I moan mir bringma jetza die Kondome zum Doc, dassma a DNA-Analyse kriang. Und dann bstäi ma die Zeign nomoi ei."

„Guade Idee und i ruaf a moi di Handy-Nummer o die mir die Studentin im Cafe gebm hod."

Beide stiegen wieder ins Auto und machten sich auf den Weg ins Präsidium. Im Büro angekommen fing Steini gleich damit an, alle Zeugen einzubestellen.

Als Krocket die Handynummer, die ihm die Stundentin gegeben hatte anrufen wollte, öffnete sich die Tür und Kriminalrat Schmitz kam herein: „Meine Herren, was sollte das?

Sie können keine Studentenverbindung wie ein Bordell stürmen. Da gehören die Kinder der namhaftesten Persönlichkeiten dazu. Da braucht man Fingerspitzengefühl." „Aber Herr Kriminaldirektor ..." Krocket wurde unterbrochen: „Nix Herr Kriminaldirektor, ich erwarte Ihren Bericht." Schmitz verließ das Büro ohne ein weiteres Wort und warf die Tür hinter sich zu.

Das Telefon klingelte: „Krockberger" „Servus da Stangl is. Mir kemma jetza zu 95% song wia da Mord obglaffa is.Hobts kurz Zeid?" „Freili kim auffi." Es war 13.05 Uhr als Hauptkommisar Stangl das Büro betrat. Er ging zur Tafel und begann mit seinem Vortrag: „Oiso, des zwoate Mal am Fuaß vom Opfer, oiso des was ihr glei gseng hobts, is vo am andern Material als die Halteschling. Der Doc hod mir a no gsogt, dass die Wunde kurz vor dem Tod zugefügt wurde und die Schling aber nachm Dod no do gwen is. Des komma auf Grund der Blutergiss seng.

Mir gemma davo aus, dass der Täter hier", Stangl zeigt auf eine Stelle im Eisbach „auf das Opfer gewartet hat. Dara gwusst hod, dass um die Zeid koana do is und nur da Wiedmann so bläd, so fria zum Surfn zum geh, hoda sie im Wossa verstecka kenna. In dem Moment wia da Wiedmann si hod a weng zrugfoin lassen Hodan am Boa backt und d'schling drumdo. Dann hoda iam dfiass weggazong so dass des Opfa zwangsläufug an der festen Schling unter Wossa zongwordn is. Wia da Wiedmann nimma zuckt hod, hoda Schling wiada gloggad und des Opfa seim Schicksoi überlassn.

Glück für uns dass er mit seim Surfbredl im Busch hänga blim is, sonst warada bis zum Wehr gswchumma und furt gwen.

Oans miasts wissen, des warn entweder zwoa Weibaleid oder a grfädiga mo. Bei der Strömung brauxt fui Graft." „Ok, Stangl des huift uns weida, merci." „Oiso Servus." Hauptkommissar Stangl verließ das Büro und macht die Tür hinter sich zu. Krocket wirkte nachdenklich: „Was damma jetza?" „I hob die Zeing olle fia zwoa glodn. Loss uns do no durchfrong und dann weidaschaung." „Ok, Steini, mir foid grod eh nix bessas ei." Um Punkt 14.00 Uhr klingelte das Telefon:"Ja, Krockberger." „Pforte, i hob da a Frau Hintersberger fia di." „Ok konnst naufschicka. Du Steini die Hintersberger is scho do." Steini grinste: „Moanst des backst hormonell nach deina Nacht mid da Briggs." „Des is ned lustig Steini." Es klopfte an der Tür. Und hereinkam Emmi. Plötzlich gingen Krocket 100.000 Bilder durch den Kopf: Romantische Insel, Hochzeit, Kinder, Reihenhaus, Glück und überall

Emmi. Nach zwei Minuten riss Steini ihn aus dem Traum. „Häää Krocket Du host Bsuach, här zum Dramma auf."

Krocket schüttelte sich kurz: „ Ahhh Frau Hintersberger, kommens wir gehen ins Vernehmingszimmer. Da ists ein wenig ruhiger." Emmi folgte ihm. „Bitte nehmens Platz." Ich werd Sie jetzt befragen und das Ganze auf Band aufnehmen, ok?" „Sie werden das schon richtig machen Herr Kommissar." Krocket drückte den roten Knopf auf dem Aufnahmegerät und sprach: „Anwesend sind Frau Emmi Hintersberger und Hauptkommissar Krockberger in Sachen des Mordes an Paul Wiedmann, Aktenzeichen AKQ123432. Frau Hintersberger, können Sie nochmal schildern was am Moang des 22. Juli passiert ist?" „Ja, also ich bin wie immer zum Joggen gegangen. Von der inneren Wiener Strasse Richtung Isar runter und dann Richtung Hilton. Da kommt man dann hinten ganz gut in den englischen Garten rein. Dann wieder quasi zurück Richtung Prinzregentenstraße. Also, da wo die Eisbachsurfer sind." „Und was war besonders an dem Tag?" „Als ich gegen sechs an der Biegung vorbeikam, sah ich den Toten an seinem Surfbrett im Eisbach hängen. Ich dachte mir erst, der hat sich bis dahin treiben lassen oder so. Aber als ich nach ihm gerufen hatte und er sich nicht rührte, da wusste ich, es fehlt mehr, zog meine Schuhe aus sprang ins Wasser und rief dann selbst um Hilfe."

Zeitgleich nebenan. Steini schaute sich den Bericht der Spurensicherung noch einmal genau an, als sich die Türe öffnete und Hauptkommissar Stangl hineinkam. „Servus", „Servus". „Du wos riachtn do a so, so nach Gummi", sagte Stangl. „Scheiße, die Kondome sand no immer in meine Sockan. Pfui Deifi."
Steini fummelte die Kondome aus dem Kambutrien-Haus aus seinen Socken hervor. „Wos isn des, fragte Stangl." „Frog mi neda, schaug, dasd a DNS herbringst, do hastas." Stangl nahm die Kondome mit zwei Fingern in die Hand und hielt sie ganz weit von sich weg. „I frog a neda warum und woher die san, wuis garned wissen. Bin a nur kemma um dir zum song, dass ma fertig san mit da Wohnung Wiedmann. Komisch is auf jeden Foi, dass koane Hinweise auf Angehörige zum findn warn. Es is als warad der vom Himmi gfoin. Des woid i Dir nur song.
Sand des Kondome vom Krocket?" „Naaa die sand für unsern Foi aber a bisserl quasi unrechtmässig. I muas aber wissen od die DNA vo dem Sperma in die Kondome mid oane vo die andern übereinstimmt." „Ok, dann mach i mi and Arbat, Servus." „Servus."

Im Verhörzimmer hatte Emmi mittlerweile erneut die ganze Geschichte erzählt. Als sie fertig waren fragte Frocket nochmals: „Und war an dem Tag alles wie immer, nix was irgendwie anders war als sonst, es is wurscht was, fällt Ihnen nichts mehr ein?" „Hmmmm, wenn ich recht überlege. Doch da war was ja, das war komisch, normal hört man immer die Vögel zwitschern, aber als ich in die Nähe des Tatorts kam war

Totenstille. Wissen Sie, als ob sich kurz vorher alle Vögel erschreckt hätten und davon geflogen wären." „Ok, Frau Hintersberger, vielen Dank, Sie können gehen." Krocket nahm sich das Mikrofon, hielt es an den Mund und sprach: „Ende Zeugenvernehmung Hintersberger Dienstag, 22. Juli, 16.45 Uhr." Emmi verließ das Verhörzimmer und Krocket schaute ihr wieder hinterher. Er dachte sich, Wahnsinn, was für ein geiler Arsch, da kannst du auf jeder Backe ein Champagnerglas abstellen und die balanciert das ganz easy. Wow!

Krocket stand auf und ging zurück ins Büro. „So, fertig, und wia schaugts bei dir aus, Steini?" „Oiso die Befragung der andern hod nix weida ergebm." Wer hodn mit dem Strobel gred?" „Mid dem hob i seiba gred." „Und der hod a nix anderes gwusst?" „Na, ned wirklich." „Bei mir hods a nix neis gebm. Die Hintersberger hod nur gmoant, es warad so komisch still gwen als sie zum Tatort kemma is. Und sonst waradn immer d'Vägl do." „Woast was", sagte Steini mit verzogener Mine, während er sich auf Krockets Schreibtisch abstützte und mit dem Finger auf ihn zeigte. „Des gleiche hod da Strobel a gsogt." „Aber wo mir da warn hom doch die Vägl scho wieder zwitschert und es war Unruah und die ganzen Leid ham gred. Der muas do scho vorher do gwen sei, bevor olle andern do warn und ned erst ois die Emmi gruafa hod oder?" Okä, dann backma uns den Strobel nummoi, do is do irgendwos faul, lass uns numoi an d'Uni fahrn", sagte Krocket. Sie verließen das Büro und machten sich auf den Weg zum

Parkplatz, als ihnen Stangl hinterherrief: „Häää,
warts a moi, i hob was fia eich.

In eim vo die Kondome war a Sperma was zu 80% a in
da Wohnung vom Wiedmann war. Ganz genau konn i
des no neda song aber der Kurztest hod des Ergebnis
gliefert."

„Ok Stangl, Supa, merci. Schaumamoi obs huift."

„So, Steini, jetza farma wida mid am gscheidn Auto."
Steini verzog das Gesicht: „Wennst moanst." Sie stiegen ein und Krocket steckte sich eine Zigarette an.
Steini hustete wie immer und Krocket gab Gas. Als sie
endlich einen Parkplatz an der Uni gefunden hatten,
gingen sie wieder ins Café. Peter Stobel war nicht da.
Aber Krocket dachte gleich an die hübsche Bedienung, die eigentlich Anna hieß.

Sie setzten sich und kurz darauf kam sie. Sie grinste
Krocket an und sagte „Servas, wos kriangma?" Krocket wurde ganz rot. Steini bestellte: „Zwoa Weissbier." Anna drehte sich um und ging zurück zur Theke
um die Bestellung aufzugeben. „Du Steini, i bin ma
ned sicher aber der Arsch vo der Hintersberger is
moani schenna." „Und der vo da Briggs", schallte
Steini mit einem lauten Lachen. Krocket fand das gar
nicht lustig. „Wieso bstäist du eigentlich Weissbier. I
häd gmoant im Dienst ned?" „Es is jo scho hoibe
sechse und eigentlich scho Dienstschluß." Als Anna
mit den Weissbieren zurückkam, legte sie zwei Bier-
deckel vor Steini und Krocket auf den Tisch und stellte die Weissbiere darauf ab. Dann beugte sie sich zu
Krocket hinunter und flüsterte ihm ins Ohr: „Haben
Sie bei der Nummer angerufen?" Krocket fiel es wie

Schuppen von den Augen, er hatte es vergessen.
„Nein noch nicht." Anna ging weg. „So und jetza?"
fragte Krocket. Sein Kollege antwortete: „Jetza wart-
ma, der kimmt gwiss no." Anna kam erneut zum Tisch
und gab Krocket einen Zettel. Er drehte sich kurz zur
Seite und las was darauf stand. – Monopterus 23.00
Uhr.
„Steini schaug", Krocket schob den Zettel rüber.
„Moanst des hod wos mid unserm Foi zum Dua."
„I woas ned aber higeh dua i auf jedn foi. Da Strobel
kimmt woi nimma." „I frog a moi rum." Steini stand
auf und ging zum nächsten Tisch. Dort sassen drei
Studentinnen im ökologischen Antlitz.
Er dachte sich, das sind bestimmt Sozialpädagogen
oder Lehrer oder sowas. Als er am Tisch angekommen war, zeigte er seinen Ausweis und begann zu
fragen: „Kennen sie den Strobel Peter?" Die Drei
schauten ihn verduzt an.
„Nou ne comprenon pas", sagte die eine. „Ja gruzifix
Französisch kann ich nicht", fluchte Steini und ging
zum nächsten Tisch. Die vier Burschen schauten ihn
an und fragten: „Polizei." Steini antwortete: „Ja, wie
kommen sie denn darauf?" „Billige Klamotten, kein
Stil und blöde Fragen stellen, ganz einfach", sagte
einer der vier Burschen. Steini wurde ziemlich sauer:
„So Bürschchen, sofort den Ausweis raus und auf-
stehn." „Okeokeoke Herr Kommissar, war nicht so
gemeint." „Kennen sie den Strobel Peter?" „Klar, der
ist mit uns in einem Semester." „Wo findet ma den
um diese Zeit?" „Um die Zeit ist er meistens bei seinem Vater im Golfclub." „Wo is das?" „Der ist im
Münchner Osten." „Und wie heißt sein Vater?" „Das

ist so ein von und zu." „Von und zu was?" Ein anderer der Burschen sagte: „Von Kramerstein, glaub ich." „Und warum heist er dann Strobel?" „Die Eltern sind geschieden, deswegen hat der den Namen seiner Mutter." „Gut, danke", sagte er und ging wieder zurück zu seinem Kollegen. „Du mir zoima und fahrn aussi zu am Goifglub im Osten." „Warum?" „Des sog i da im Auto." Steini brachte Anna hektisch 10 Euro und schob Krocket aus dem Café. Anna schaute ihnen hinterher und hatte so ein komisches Gefühl im Bauch und wusste gar nicht recht warum? Es begann schon als Krocket hineinkam und jetzt wurde es nur noch schlimmer.

Als die zwei Beamten ins Auto stiegen und Krocket losfuhr, begann Steini zu erzählen: „Der Strobel is da Bua vom Kramerstein." „Na, gibt's doch neda, und jetza?" „I hob mi glei gwundert warum der Lackaff so schnei im Kambutrien-Haus war." „Jetza schnapp man uns, do is wos faul."
Steinis Handy klingelte: „Steini, i bins da Stangl. I woas jetza mera wega der DNA aus die Kondome. Des aus der Wohnung vom Wiedmann muas a DNA sei, die in an Kindschaftsverhältnis zu der aus dem Kambutrien-Haus städ." „Okä, interessant, merci pfiaddi." „Krocket, mir miasma DNA vom Strobl nemma, der hängt do mid drin." „Und wia machma des, glabst der gibt's uns freiwillig." An der Ampel Prinzregentenplatz hielt ein Cabrio neben Krocket. Darin eine Latina. Krocket schaute zu ihr hinüber und sah, dass die Dame auf Unterwäsche verzichtet hatte. Er unterbrach Steini sofort: „Steini schaug a moi her,

die hod koa Untahosn o, do sägst ois." „Krocket verdammt no a moi. Härst du mir eigentlich zua."
„Jooo scho, mir brauchma DNA vo dem Strobl, jetza sei hoid ned so unentspannt." Die Ampel sprang auf Grün und die heisse Latina fuhr davon. „I ruaf jetza den Schmitz dahoam o. Mir brauchme an DNA-Beschluss für den Strobl." „Steini wählte die Nummer von Kriminaldirektor Schmitz: „Schmitz." „Grüß Gott. Hier ist Steininger. Wir brauchen einen DNA-Beschluss für Peter Strobel. Können Sie den organiseren?" „Also ich tu mein Bestes, kann aber nichts versprechen.

Ich weiß nicht welcher Richter Bereitschaft hat und, ob ich überhaupt einen erwische. Ich melde mich sobald ich was weiss." „Gut, Pfia Gott." Als Steini aufgelegt hatte, kamen sie schon Richtung Autobahn A94. „Hää Krocket, jetza gib hoid Gas, i mecht heid no okemma." Krocket stieg nochmal richtig aufs Gas und der 8-Zylinder katapulitierte seine 5,8 Liter Richtung München-Ost. Kriminaldirektor Schmitz versuchte derweil händeringend einen Richter zu erreichen. Nach 20 Minuten hielt er endlich den DNA-Beschluss in der Hand. Als Krocket und Steini auf den Parkplatz des Golfclubs fuhren, klingelte erneut Steinis Handy: „Steininger, der Beschluß ist da, ich schick ihn Ihnen aufs Handy." „Ok, danke." Steini legte auf. Im Clubhaus suchten sie nach von Kramerstein und Strobel. Auf der Terasse wurden sie fündig.

"Schaug do sans." „Guten Abend Herr Strobel", sagte Krocket. Peter Strobel fiel die Gabel aus der Hand. „Herr von Kramerstein, habe die Ehre." „Meine Herren was wollen Sie hier, sie stören."

„Herr Strobel, warum haben Sie uns nicht gsagt, dass sie scho vor der Frau Hintersberger am Tatort waren?" „Wer sagt denn sowas, das kann gar nicht sein." „Aber dass Sie der Sohn von Herr von Kramerstein sind, bestreiten Sie nicht?", sagte Steini.

„Und Sie Herr von Kramerstein, warum waren Sie so schnell im Kambutrien-Haus und warum haben sie nichts von Ihrem Sohn gesagt?" „Lass nur Junge, ich kümmere mich darum." Kramerstein stand auf und ging ein paar Meter vom Tisch weg um zu telefonieren." „Ja, Rudi, ich bin es Traugott. Jetzt behelligen mich deine Cowboys schon im Golfclub und erzählen wirres Zeug über meinen Sohn." „Deinen Sohn, wer soll denn das sein?" „Der Strobel Peter, das ist mein Sohn." „Strobel, für den hab ich doch gerade einen DNA-Beschluss erwirkt."
„Was, Rudi, was soll das?", rief von Kramerstein noch in sein Handy als Steini und Krocket Strobel bereits hinausführten. „Wir haben einen DNA-Beschluss und fahren jetzt zur Spurensicherung, gehma Herr Strobel." „Traugott, das ist jetzt blöd gelaufen, aber da kann ich gar nix mehr machen. Der Beschluß ist gültig." Von Kramerstein legte voller Wut auf und schmetterte sein Handy auf den Boden.
Es zerschellte in 100 Teile und die anderen Gäste schauten erstaunt. Als er Richtung Ausgang rannte sah er nur noch wie der gelbe Camaro davon fuhr. Schnell hetzte er zu seinem Wagen um ihnen zu folgen.

Es war 19.30 Uhr als sie wieder im Präsidium ankamen. Krocket parkte. Nahezu zeitgleich hielt von
Kramerstein neben ihnen. Er stieg als erster aus und
begann wütend zu schimpfen, während sich Krocket,
Steini und Strobel aus dem Camaro quälten.

„Mein Sohn hat ein Recht auf einen Anwalt, du sagst
jetzt gar nichts mehr."

„Vater, hör endlich auf, ich bin alt genug." „Wo bringen Sie meinen Sohn hin?" Krocket antwortete „Zur
Spusi, zum DNA-Test.

Sie können gerne mitkommen, wenn Sie wollen."

„Das werde ich auch tun, das wird noch ein Nachspiel
haben, das sage ich Ihnen. Sie werden bald nur noch
als Schülerlotsen an der Ampel stehen." „Wenn Sie
meinen", grunzte Steini. „Servus Stangl", rief Krocket
als sie in der Kriminaltechnik ankamen. „Servus, was
habstn do ois im Schlepptau?"

„Mir ham an DNA-Beschluss und der Herr Strobel
mecht dem gern nochkemma, gei Herr Strobel."

„Ok, Steini koa Problem." Hauptkommissar Stangl
holte einen DNA-Test aus dem Materialschrank und
ging zu Strobel: „So jetzt machen Sie schön den Mund
auf – gut - danke, das wars schon." Stangl steckte das
Wattestäbchen zurück ins Schutzröhrchen und be-
schriftete es ordnungsgemäß. „So meine Herren",
fing von Kramerstein plötzlich wieder an. „Dann können mein Sohn und ich jetzt gehen?" „Ich fürchte
nicht. Wir haben noch ein paar Fragen an Ihren Herrn
Sohn", entgegenete Krocket und bat alle mit einer
kleinen wegweisenden Bewegung Richtung Aufzug. In
der Mordkommission angekommen baten sie Vater
und Sohn ins Verhörzimmer und wollten sich kurz im

Büro abstimmen: „Du Krocket, mir miasma unbedingt wissen was der so fria am Eisbach meng hod und der derf ned wegga bevor ma ned sei DNA vom Stangl ham." „Des wird dem von Kramerstein aber ned gfoin. Moanst das der do a mid drinnad hängt?" „Ko scho sei, wia gsogt, warum der so schnei im Kam-butrien-Haus war verstäh i immer no neda?"

„Aber dann hamma ja eh zwoa Verdächtige oder zeign und dann konna sein Buam garned verträtn."

„I red midm Staatsowoid. An Schmitz hob i leida ned daglanga kenna", sagte Steini und zog eine hämische Grimasse.

Ein paar Minuten später hatten sie dann auch grünes Licht die Verdächtigen getrennt voneinander zu ver-nehmen. Sie hatten die Hoffnung, dass würde sie eventuell einen Schritt weiterbringen.

„So Herr Strobel, leider kann Sie ihr Vater nicht ve-treten, weil er auch Zeuge und Verdächtiger im Mordfall Wiedmann ist.", sagte Steini im Beisein von Kramerstein.

„Ich bitte Sie meine Herren, das ist doch wirres Zeug was die da reden." „Nein ist es nicht, da können Sie den Staatsanwalt fragen. Und jetzt bitte, wir zwei gehen ins andere Verhörzimmer." Steini machte eine mitnehmende Handbewegung, während er grinste. Nachdem er sich hingesetzt hatte sagte er: „Bitte setzen Sie sich."„Nein danke, ich stehe lieber." „Set-zen Sie sich zifix", erzürnte sich Steini. Von Kramer-stein setzte sich. Er nahm das Aufnahmegerät, drück-te den roten Knopf und sagte:

„Anwesend sind Herr Traugott von Kramerstein und Hauptkommissar Steininger in Sachen des Mordes an Paul Wiedmann, Aktenzeichen AKQ123432. „Herr von Kramerstein, warum waren Sie so schnell da, als wir im Kambutrien-Haus mit den Mitgliedern reden wollten?" „Ich beantworte keine Frage ohne Anwalt."

„Ok, dann nehme ich an, dass sie schon da waren und der Concierge sie gerufen hat, oder?

Oder waren Sie nur zufällig nicht im Raum wie wir durch die Tür wollten? Haben Sie veileicht auch bei dem kleinen Têt- à- Têt mitgemacht? Wissen Sie, das sind so Fragen, die wir uns stellen. Das schreiben wir in unsere Berichte und die liest unser Chef, verstehen Sie mich? Also, warum waren Sie so schnell da?"

Von Kramerstein nahm tief Luft und versuchte zu antworten: „In dem Kambutrien-Haus, wissen Sie, da gibt es immer junge Stundenten die noch in der Probezeit sind und Sklavinnen, die ihnen dienen müssen."

„Bitte was, sie meinen junge Stundenten, die in die Verbindung neu aufgenommen werden, halten Sklavinnen?"

„Nein, sie müsssen ihre Freundinnen mitbringen und es vor den Augen der anderen tun." „Was ist das denn für ein Brauch? Und warum waren Sie dann da?" „Weil ich verhindern wollte, dass mein Sohn da mitmacht. Wir sind eine anständige Familie und, da ich die BetaAlpha schon lange in Rechtsfragen vertrete, wusste ich was da getrieben wird. Als Sie mit dem Concierge sprachen, war die Party schon im Gange und ich versuchte, die Tür zu öffnen, aber mich lies niemand hinein.

Als Sie dann die Treppe hinauf kamen, hatte ich nur noch den Gedanken, hoffentlich erwischt es meinen Sohn nicht und wollte unter allen Umständen vermeiden, dass ihm etwas passiert."

„Und das ist die ganze Geschichte?"

„Nein nicht ganz. Der Wiedmann, also der Tote, der war einer der schlimmsten von allen.

Als er mit dem Studium fertig war und nicht mehr aktives Mitglied der Verbindung sein konnte, erpresste er die Pärchen mit Bildern und Videos und zwang sie in seiner Wohnung weiterzumachen."

„Haben Sie jemals mit dem Wiedmann Kontakt gehabt?"

„Ich habe mich mal mit ihm getroffen und habe ihm 20.000 Euro für die Bilder und Videos meines Sohnes und seiner Freundin angeboten. Aber er lehnte ab und lachte nur. Er habe genug Geld und veranstaltet lieber Sexparties."

„Und dann haben sie ihn im Eisbach ertränkt?" „Gott bewahre, ich bringe doch niemanden um. Natürlich war es mir recht, dass er tot ist, aber umbringen - niemals." „Wo waren am Morgen des 22. Juli gegen sechs Uhr?" „Ich saß im Flieger nach Berlin. Wir standen wohl auf der Startbahn.

Ich hatte einen wichtigen Termin wegen Vertragsverhandlungen für einen Mandanten." „Wir prüfen das nach und ich hoffe für Sie, dass es die Wahrheit ist. Ok, Herr von Kramerstein, vielen Dank, Sie können jetzt gehn." Steini nahm sich das Mikrofon, und sprach: „Ende Zeugenvernehmung von Kramerstein Dienstag, 22. Juli, 22.10 Uhr." „Kann ich jetzt zu meinem Sohn", fragte vonKramerstein. „Leider nicht, der wird noch vernommen. Sie können warten oder heimgehen, aber draussen bitte." Von Kramerstein ging aus dem Verhörraum hinaus und setzte sich auf eine Bank im Wartebereich. Steini ging unterdessen hinüber in das andere Verhörzimmer und gesellte sich zu Krocket hinzu. Als er hineinkam, unterbrach Krocket. „Also Herr Strobel, Ihr Vater hat uns alles gesagt.

Sie haben einen Grund gehabt, den Wiedmann um-zubringen. Erpresst hat er Sie mit Videos aus dem Kambutrien-Haus, wo Sie Gruppensex hatten. Was sagen Sie dazu?" Krocket schaut verwundert. „Dann haben Sie ein Motiv", schnauzte er Strobel an, „wa-rum waren Sie am 22. so früh am Eisbach? Jetzt sagen Sie es halt." Während Krocket seine Stimme immer mehr erhob ging Steini um den Tisch herum. Dann begann Krocket erneut: „Sie sind um 5.40 Uhr ins Wasser gesprungen, weil Sie gewusst haben, dass der Wiedmann immer so früh surft. Dann haben Sie gewartet bis er sich zurückfallen ließ und dann haben Sie seinen Fuß gepackt, die Schlinge drumgelegt und festgezogen." Im gleichen Moment bückte sich Steini und zog Strobl den Stuhl weg, dieser landete am Bo-den. „Ungefähr so, oder?" fragte Steini. „Nein ich war das nicht. Ich wollte doch nur mit ihm reden. Steini hob Strobel wieder auf, packte ihn am Kragen und schüttelte ihn: „Jetzt reden Sie schon Mann." Er stell-te den Stuhl wieder hin und ließ Srobel hineinfallen. Der senkte seine Kopf nach unten und versuchte die ganze Geschichte zu erzählen. „Am Anfang fand ich es ja echt noch ganz lustig. Aber irgendwann wollte er nicht nur, dass wir uns filmen lassen, sondern, dass wir kreuz und quer.

Und dann verabredete er sich mit den Mädchen alleine und ging mit einer zwei oder manchmal drei gleichzeitig ins Bett. Ich wollte, dass das aufhört. Drum ging ich zum Eisbach, ich wollte mit ihm reden. Und als ich hinkam hing er schon tot in diesem Gebüsch und die Frau kam mir entgegen. Ich hatte Panik und sprang hinter einen Busch und wartete ab. Deswegen erschreckten sich auch die Vögel und es war kurz Totenstille. Aber umgebracht habe ich ihn nicht. Ich weiß auch nicht, wer es war. Ein Motiv hatten viele andere auch." Es klopfte, herein kam Stangl: „In oam vo die Kondome is die DNA vom Strobel."

„Merci Stangl." „Sie waren also im Kambutrien-Haus und das wirft wiederum ganz neue Fragen auf: „Wir haben beim Wiedmann Spermaspuren gefunden, die eine ähnliche DNA hat wia die Ihrige und zu welcher Sie in einem Kindschaftsverhältnis stehen", führte Krocket weiter aus. „Ihr Vater muss also beim Wiedmann mit irgendwem rumgemacht haben, Steini hol ihn doch rein den sauberen Herrn von Kramerstein."

„Halt ich will das nicht hören. Ich erzähl es Ihnen ja. Diese Parties, die der Wiemann veranstaltet hat, dazu hat er immer wieder Freunde und Bekannte eingeladen. Die Studentinnen mussten mitmachen."

„Und sie sagen, dass Ihr Vater da dabei war?"

„Ja, er ist der Anwalt der Verbindung und dadurch kannte ihn Paul. Er versprach sich eine schnellere Karriere und mein Vater konnte nicht wiederstehn."

Erneut klopft es: „Ah, Stangl heid host aber Sehnsucht", begrüsste Krocket ihn erneut. „Herr Strobel", fragte der Kriminaltechniker, „Sind sie Links- oder Rechtshänder." „Rechtshänder, warum?" „Krocket, Steini, kemmts a moi." Alle drei gingen ins Büro nebenan. „Mir ham den Tathergang no amoi genauer konstruiert. Der Mörder konn nur a Linkshänder sei." „Damit san beide ned dmörda. Der Oide hod a Alibi und der junge is Rechtshänder."
„Wie kimst jetza dodrauf Stangl?" fragte Steini. Stangl schob seine Ärmel hoch und zeigte seine blauen Flecken: „Weil mir im Eisbach warn und des ganze nur vo links funktioniert. Anders find ma koan hoid in die Stoana." „Ok, merci, suppa jetzt steh ma wida am Anfang.", seufzte Krocket. „Die väglerei is auf jeden Foi erst a moi Nebensach und solang si koana wega Vergewoitigung meid, ned strafbar. Mir gebm des and Sitte weida und die zwoa schickma beide hoam."

„Ok, machst des Du Steini, i fahr zum Monopterus es is scho 22.45 Uhr."
Steini schickte Vater und Sohn nach Hause und ermahnte sie, sich zur Verfügung zu halten, falls sie nochmals gebraucht würden. Er beschloss dann auch Feierabend zu machen und endlich nach Hause zu Rita und Lisa zu fahren. Als er dort ankam schliefen beide schon tief und fest. Mit Freude stelle er fest, dass Rita heute eingekauft hatte. Er machte sich ein Bier auf und dachte noch weiter über den Fall nach und was es für schlimme Dinge gab. Ja, und, dass das jetzt auch schon bei uns angekommen war, war das allerschlimmste für ihn. Hoffentlich passiert der Lisa

nicht mal so etwas, dachte er sich, trank sein Bier aus und ging ins Bett zu Rita. Die drehte sich nochmal nach ihm um und streichelte ihm zärtlich die Wange. „Gute Nacht, Spatzerl, Bussi." Steini nahm sie in den Arm und schlief friedlich ein.

Krocket, war gerade am englischen Garten angekommen, als sein Handy klingelte. Es war Briggs: „Servus mein Liebster, kommst heute noch bei mir vorbei?" Krocket verschlug es den Atem. „Krocket, he, mach dir keinen Kopf. Es war schön und ich mag dich aber für mehr reicht es nicht, sorry, also brauchst dir auch keine Ausrede einfallen lassen. Wir sehen uns, ciao ...." Ohne, dass Krocket einen Ton sagen konnte hatte sich die Anspannung gelöst. Gott sei Dank dachte er sich, wos täte ich denn sonst, was hätte ich der denn sagen sollen, boah.

Nachdem er einen Parkplatz gefunden hatte, stieg er aus und ging Richtung Momopterus. Es war bereits 23.05 Uhr. Als er die Treppen hinaufstieg hielt er kurz inne. Das war sein München. Eine lebendige Stadt. Viele junge Leute, die das Leben genossen. Hier war noch viel los. Liebespärchen die Champagner tranken. Diskussionsrunden und einsame Menschen, die die Gegenwart anderer genossen, um den Schmerz der Einsamkeit zu lindern.

Er stieg weiter hinauf bis aufs Plateau und schaute sich um. Da stand Anna. Er wusste nicht was er davon halten solle. War das jetzt ein Date oder was war das? Anna kam auf ihn zu „Grüß Gott Herr Kommissar, schön das Sie gekommen sind." „Die meisten nennen mich einfach Krocket, lassens doch den Kommissar weg Anna." „Nachdem Sie auf der Handynummer nicht angerufen haben, musste ich Sie sehen." „Und was is mit der Handy-Nummer.""Probieren Sie es aus!"

Krocket nahm sein Telefon aus der Tasche und wählte die Nummer. Eine Bandansage meldete sich: „Nächstes Treffen drei zu zwei Freitag, 25. Juli, 22.30 Uhr Code Alpha. Wiederholen mit eins oder legen Sie auf."

Krocket legte auf. „Was war das denn Anna?"

„Das ist die Nummer über die die Sex-Parties koordiniert wurden. Dort konnten alle, die die Nummer hatten anrufen. Drei zu zwei bedeutet drei Mädchen und zwei Jungs, also ein Platz frei. Code Alpha bedeutet im Kambutrien-Haus bei den BetaAlphas." „ Und woher kennan Sie das?" „Eine Freundin von mir war mit einem Alphabetarianer zusammen und hat mir alles erzählt. Als Sie im Cafe waren und sich mit dem Peter Strobel unterhalten haben, war mir klar das da was faul war und deswegen wollte ich Ihnen einen Tipp geben." „Und die Treffen beim Wiedmann?" „Dann war der Code Walküre."

„Aber wir hätten uns gedacht, das bei dem Wiedmann hätte nichts mehr mit der Verbindung zu tun gehabt und er hat alle erpresst?" „Naja so war es nicht ganz. Paul Wiedmann war nicht vermögend. Er wurde nur in die Verbindung aufgenommen, weil er am Anfang auch Sklave war und vor anderen mit seiner Freundin schlafen musste. Dann musste er zusehen wie es andere mit ihr trieben. Als er dann aufgenommen war, haben sie ihn die Drecksarbeit machen lassen.

Er musste diese Treffen organisieren und bei ihm zu Hause lud er dann auch Geschäftsleute ein, die die Studentenverbindung finanziell unterstützen sollten.

„Und woher wissen Sie das alles Anna? Das hat Ihnen doch nicht alles Ihre Freundin erzählt?"

Anna druckste rum. „Ganz einfach, ich musste da auch mitmachen und wurde erpresst." „Und warum sind Sie nicht gleich gekommen und haben mir alles erzählt?"

„Weil im Cafe ständig BetaAlphas rumhängen und ich Angst hatte und mich auch sehr vor Ihnen schäme. Deswegen auch der Monopterus usw."

„Sie müssen morgen leider aufs Präsidium kommen und eine offizielle Aussage machen. Wir müssen das zu Protokoll nehmen." „Gut, wann soll ich vorbeikommen?" „So gegen 10 Uhr vielleicht?" „Also dann bis morgen." Anna und Krocket gingen wieder in Richtung Innenstadt. Ihre Wege trennten sich und Anna wollte weiter Richtung Schwabing. Krocket wollte nur noch zurück zu seinem Auto. Als sie erst 200 Meter voneinander entfernt, waren hörte er einen Schrei.

Sofort drehte er sich um und lief in die Richtung aus der der Schrei kam.

Er konnte nichts sehen und nahm seine Taschenlampe heraus. Doch auch jetzt gelang es ihm nicht etwas zu erkennen. Dann plötzlich, hörte er ein Wimmern und ein lautes Rascheln und dann das Geräusch einer Ohrfeige. Eine Stimme schrie:

„Lass mich in Ruhe was willst Du." Krocket sah sich nochmal um und dann konnte er erkennen, wie eine Frau am Boden lag und ein Mann auf ihr kniete. Er schlug ihr immer wieder ins Gesicht. Krocket zog seine Waffe und schrie: „Halt, Polizei, lassens sofort die Frau in Ruhe." Der Täter rührte sich nicht. Krocket schoss in die Luft und ging weiter auf sie zu.

Als sich der Täter plötzlich umdrehte, sah er direkt in den Lauf der glänzenden 44er.

Leider konnte Krocket ihn nicht identifizieren und dann sprang der Täter plötzlich auf und rannte weg. Er sah wer da am Boden lag. Es war Anna. „Ich habe Ihnen doch gesagt ich habe Angst", sagte sie weinend. „Hat er ihnen was getan, können Sie aufstehen?"

„Ja es geht schon, ist nicht so schlimm, Sie sind ja rechtzeitg gekommen." „Kannten Sie den Mann? War das einer aus dem Café?" „Ja das war ein BetaAlpha ." „Kommen Sie, stehen Sie auf, ich bringe Sie nach Hause." Anna und Krocket gingnen Richtung Camaro als sich Anna bei ihm einhakte. „Bei Ihnen fühle ich mich sicher." Krocket wurde mal wieder rot. „Ja mei, Polizei, Dein Freund und Helfer."

Als Krocket Anna in der Georgenstrasse abliefern wollte, war sie schon eingeschlafen. Ganz Gentleman nahm er ihren Schlüssel. „Wo wohnen Sie?", flüsterte er zärtlich. Wie in Trance antwortete Anna: „Im zweiten Stock, rechter Eingang." Er trug sie die Treppen hinauf. Als er ihre Türe öffnete und sie auf die Couch legen wollte, wurde Anna kurz wach. „Gute Nacht, schlafens gut", sagte Krocket nur noch.

Er wollte sich wieder aufrichten, als Anna ihre Arme um seinen Hals legte und nicht mehr loslies. „Das geht nicht Anna. Ich muss nach Hause. Ich kann nicht hier bleiben." Doch Anna schlief tief und fest. Also legte sich Krocket zu ihr um selbst auch etwas Schlaf zu finden. Als er am nächsten Morgen von den Sonnenstrahlen geweckt wurde, rief ihm Anna aus der Küche zu: „Guten Morgen Herr Kommissar, Kaffee oder Tee?" Noch nicht ganz wach antwortete Krocket: „Ein Kaffee wäre gut." Anna kam zu ihm.

Sie hatte die Haare noch nass vom Duschen und eine Gymnastik Hose an. Das Top was sie trug, lies nur Vermutungen zu, wie ihr junger edler Körper aussehen würde. „Kommissar, im Bad liegt ein Handtuch für Sie und Rasierzeug hab ich auch hingelegt. Machen Sie sich in Ruhe frisch und dann frühstücken wir." Krocket duschte und rasierte sich. Etwas unangenehm war es ihm schon, schließlich war Anna eine Zeugin und er kannte sie kaum.

„So noch einen Schluck Kaffee und dann bin ich auch schon weiter", sagte Krocket als er im Bad fertig war. „Steht schon bereit." Krocket setzt sich zu Anna auf die Couch und nahm einen Schluck Kaffee: „Hm, super der Kaffee. Genauso super wia Sie Anna." „Herr Kommissar." „Was denn?" „Ich trau mich garnicht, ich bin ein bißchen in Sie verliebt." Krocket wurde sofort knallrot. „Sie sind mein Held und ich fühle mich so sicher neben Ihnen." „Das geht vorbei, glauben Sie mir." Krocket konnte gar nicht glauben was er da sagte.

„Doch da ist noch mehr Krocket. Ich bin so oft enttäuscht worden und habe das Gefühl, dass es bei

Ihnen irgendwie einfach passt. Ich fühle mich so geborgen und als ich Sie das erste Mal im Café sah, war es, als ob der Blitz mich getroffen hat. Wissen Sie, so eine zufällige Begegnung wo man nichts Böses denkt und dann ist plötzlich alles klar. Zwei Menschen, die irgendwie einfach zusammen gehören."

Unglaublich, was Anna zu ihm gesagt hatte. So etwas hatte er noch nie von einer Frau gehört. „Anna, Sie schmeicheln mir, aber ich denke es wäre nicht gut. Außerdem bin ich doch viel zu alt für Sie." „Warum Krocket, das Gefühl ist doch wichtig, Alter spielt keine Rolle, Ihre ganze männliche Aura, das habe ich vorher noch nie bei einem Mann gespürt."
Anna begann ihn zu streicheln. An der Brust am Rücken überall. Dann schob sie sein Muskelshirt hoch und liebkoste seine Brustwarzen. Als sie langsam weiter Richtung Mund wanderte verlor Krocket nun doch die Beherrschung.
Er stand auf und riss ihr das Top runter und zog seine Hose aus. Dann nahm er Sie. Er griff ihren knackigen jungen Po mit beiden Händen und hob sie hoch. Dabei spreitzte sie die Beine und verschlang sie hinter seinem Rücken.
Er drückte sie gegen die Wand. Fest und gleichzeitig zärtlich, bis beide zitterten und zusammenbrachen. Für eine Weile hielten sie sich noch in den Armen doch dann musste Krocket los. „Anna, vergiss bitte unseren Termin im Präsidium nicht. Ich muss deine Aussage unbedingt protokollieren, es geht leider nicht anders." „Ich bin um 10 Uhr da, glaub mir. Ich freue mich schon dich wiederzusehen."

Krocket verließ Anna und ging zu seinem Auto. Es war schon kurz nach 9 Uhr, als er im Polizeipräsidium ankam. „Moing Steini." „Griass di Krocket, host no wos rausgfundn." Krocket begann zu erzählen, während er sich ein frisches Shirt aus seinem Notvorrat überzog.

„Des konnst ma glaub. Die vo dera BetaAlpha ham richtige Sexparties organisiert. Wennst bei derer Nummer oruafst songs da genau o wo die nexte is und wos bassiert. Der Wiedmann war für die Organisation zuständig und hod a namhafte Gschäftsläid eilodn miassn, die dann für die Verbindung spendn soitn.
Der war tatsächlich Opfer weila seiba Sklave war, wie er der Verbindung beidrädn woid." „Und woher woast Du des?" „Gestan am Monopterus war die Bedienung vom Café. Die hod ma ois verzäid. Als mir dann hoamganga san, hammses überfoin und i hob grod no eingreiffa kenna, sonst warads scheise gwen. Des war oana von dene Burschn ausm Café vo dera BetaAlpha -Verbidnung. Anna kimmt um 10ne und macht ihr Aussog." „Ahh Anna, soweit samma scho." „Jo Mei, immerhin hob i sie ja gerettet und dann hob is no hoambrocht." „Spinn neda Krocket, aus dem Oita bist raus. I säg doch scho wia deine Aung leichtn. „Hast du dem Burschen der die Anna überfoin hod dtrachtler geschickt?" Na, sie hodn ned gnau kennt, moant aber er warad oana vo dene BetaAlphas, die a immer im Café sand. Des überwachma heid aufd Nocht und i wui am Freitdog wissen ob ebba zu dem Treffn wos auf dera Bandansage is kimt. Hod da

Stangl wos gsagt ob der Computa vo dem Wiedmann was ergebn hod." „Na, i ruaf den Stangl glei numoi o." Steini griff zum Telefon und rief Hauptkommissar Stangl an. „Grias Di Stangl, habts Ihr eigentlich wos auf dem Computa vom Wiedmann gfundn?" „Du, bis jetza no neda.

Da is aber so fui verschlisselts Zeig drauf, des dauert no a Weng." „Ok, meidsd di wenns wos habts ok?" „Freili was sonst?" Es klopfte und die Tür ging auf. Ein Beamter brachte Anna herein. „I hob do die Frau Teubner fia Eich." „Ja, merci Sepp." Krocket schaute Anna ein bisschen verschämt an.

„Nimmst Du die Aussog auf, Krocket?" „Konn i ma-ha." Krocket und Anna gingen in den Verhörraum rüber.

Und Krocket begann wie immer mit dem Aufnahmegerät, als Anna ihre Hand auf das Mikrofon legt, aufstand und Krocket auf den Mund küsste.

Ganz lang und zärtlich. Krocket wusste schon wieder nicht, wie ihm geschah. Dann flüsterte sie ihm leise ins Ohr: „Du fehlst mir, hol mich heute Abend vom Café ab." Krocket zog sie weiter zu sich runter: „Anna, ich weiss nicht ob das so eine gute Idee ist, das mit uns. Und heute Abend wollen wir das Café überwachen und schauen was die BetaAlphas so treiben. Du musst mir dann unbedingt ein Zeichen geben, wenn der Bursche da ist, der dich überfallen hat." „Das mach ich Krocket, aber komm zu mir, egal wann, ok?" „Mach ich, ist ja gut du lässt mich nicht mehr los was?" „Nein, mein Held." Anna nahm die Hand wieder vom Mikro und Krocket begann erneut mit der

Vernehung. Nebenan versuchte sein Kollege nochmals das Umfeld des Toten zu sondieren.

Doch egal wie herum er es betrachtete, es ergab einfach keinen Sinn. Sie mussten auf die Observierung
der Burschen von BetaAlpha warten.

Vielleicht würde sich ja da noch etwas ergeben. Um
Kurz nach 11 Uhr kamen Krocket und Anna zurück.
„So, fertig", danke Frau Teubner, „Sie können dann
gehen", sagte Krocket mit einem Lächeln.

Anna ging hinaus und Krocket setzte sich wieder an
seinen Schreibtisch.

Nachdem es fast Mittag war, beschlossen beide, in
die Kantine zu gehen. Sie stellten sich an der Theke
an und schauten was es denn heute gab. „Ok, Steini,
Entweder des undefinierbare dahint wos ausschaut
wira Fangobackung oder an Leberkas mit Senf oder
die Nudelmasse mit Ketchup." „I nimm wia imma,
Leberkas mid Senf und Brezn, des is ungefährlich."
„Jo, i a. Oiso gib uns zwoa moi Leberkas mit Senf und
Brezn", sagte Krocket zur freundlichen Köchin hinter
der Theke.

„Schaug a moi, do is da Ratzi." „Setz ma uns dazua
oder?"

„Freili." Sie setzten sich zu Dr. Ratzke. „Grias di Doc."
„Grias eich."

„Und seids scho weidakemma mit eierm Foi?"
Krocket erzählte, was alles so passiert war und, dass
sie mehr oder weniger in einer Sackgasse waren und
sich aber weiter auf die Sextreffen konzentrieren
wollten. Doc Ratzke fragte: „Hobts Ihr amoi drüber
nochdenkt, woher eier Chef den von Kramerstein

kennt?" Steini erstarrte. „Doc, no ned aber mir frong den Schmitz a moi, des isa guade Idee, gä Krocket?" „Des dad mi a interessieren, glei nachm Essen damma des, aber jetza erstamoi Mahlzeit."

Steini, Krocket und der Doc aßen mit mehr oder weniger Appetit einen bayrischen kulinarischen Hochgenuss und erzählten so dies und das. Als sie fertig waren brachten sie ihre Tabletts zur Abgabe und gingen wieder hinauf ins Büro.

„Moanst mir gemma glei zum Oidn?" „Freili, nur koa Zeit verlieren." Sie klopften bei Schmitz. „Herein, ahhh die Herren Steininger und Krockberger, setzen Sie sich doch. Was führt Sie zu mir?" „Ähm Herr Kriminaldirektor, wir hätten da eine Frage", sagte Steini. „Woher kennen Sie eigentlich den Her von Kramerstein so gut? „Naja, was heisst schon gut. Man trifft sich in unseren Kreisen hier und da und so kommt dann halt ein guter Kontakt zu Stande." „Und warum waren Sie so sicher, dass die nichts ausgefressen haben, obwohl das eine harte Nummer war mid den Parties?", fragte Steini nochmal mit Nachdruck.

„Der von Kramerstein hatte mich schon vor Tagen angerufen und mir die Situation geschildert. Da war mir klar, dass er und sein Sohn in einer ungünstigen Situation steckten.

Wer mal in einer Verbindung war, der kann das gut nachvollziehen." „Gut Herr Schmitz in solchen Kreisen verkehren wir halt nicht", betonte Krocket.

„Na dann, sagen Sie dem Herr von Kramerstein einen schönen Gruß, wir müssen leider weiter", sagte Steini mit einem Zwinkern. Sie gingen zurück in ihr Büro und Krocket sagte: „Mi dad interessieren, ob der

Schmitz die Telefonnummer für die Bandansage kennt." „Mechst jetza a Telefonüberprüfung vo deim Chef beantrong." „Jo am liaban scho, aber des miassad er seiba unterschreibm."

Krocket grinste. „Bass auf Steini, bei Gelegenheit lenkst man ob und i schaug auf sei Handy ob da die Numma drauf is." „Ok so machmas." Zu diesem Zeitpunkt wussten sie noch nicht, dass diese Aktion gar nicht nötig war.

Das Telefon klingelte und Krocket nahm den Hörer ab: „Ja Krockberger." „Servus Krocket da is da Stangl. Mir ham was aufm Computa gfundn, der Wiedmann war zu am Wettbewerb ogmeid. Irgend so a Spot-Surf-WM. I schicks eich nüber." „Ok, merci Stangl." Steini und Krocket warteten gespannt auf die e-Mail vom Stangl. „Schaug her, do is", sagte Steini. „World Championchip im Spot-Surfen, Starting Confirmäschn." „Steini, du der is scho a moi glei gesetzt für die letzten 20. Woast was des hoast?" „Na wosn?" „Das der sau guad war, des hoast des." Loss uns a moi im Internet schaung ob ma wos findn." Krocket rief Suchmaus auf und gab den Namen des Opfers und Spot-Surfen ein. „Schaug do issa, do gibts sogar an Video auf Looktube." „Boah geil, der hods aber kenna." „Und do städ, er is der einzigste der an zwoafachen Loop springa ko und damit Favorit für den Titel." „Des hoast mir hättma vielleicht ano a mögliches Motiv von am Konkurrenten." „Lass uns dem moang nochgeh, heid schnapp ma uns die Burschen vo dera BetaAlpha."

„Host recht, es is eh scho viere, mir soid ma langsam los." Steini und Krocket fuhren mal wieder Richtung Uni. „Sog Krocket, mogst ned doch a moi sesshaft werdn?"

„Mei Steini, jetza bin i über vierzgi woan und alloa. Ma gwohnt si so an verschiedne Dinge und ob do no ebba Blotz in meim Lebm hod?" „Fia mi gabats des neda. Des mid da Rita und da Lisa is so sche. Hoam-kemma und wissen s'wart oana auf di."

„I versteh di scho", sagte Krocket während er auf die Ludwigstrasse abbog. „Aber smuas hoid bassn und i moan bei mir woar no nix bassendes dabei." Noch einmal ließ er den 8-Zylinder des Camaros kurz auf-heulen und sie erreichten ihr Ziel. Er parkte auf dem Gelände des Landwirtschaftsministeriums.

In der Zufahrt zum Parkplatz wartete ein Pförtner auf sie. „Ja bitte." „Mordkommission, wir ermitteln im Univiertel und würden gerne hier parken, damit un-ser Auto nicht auffällt", antwortete er. „Damit dei Auto ned auffoit?" entgegnete Steini, mit einem La-chen. „Dodazua miassadsd die Kistn eigrobm." Der Pförtner dachte kurz nach un wies sie dann hienein: „Heute Abend ist nicht mehr viel los. Sind schon alle nach Hause gegangen. Fahren Sie rein."

„Merci", sagte Krocket nur kurz und parkte den Wa-gen. Als sie augestiegen waren, machten sie sich auf den Weg zum Uni-Café. „Oiso mir wärma uns ganz normoi hisetzn als wenn nix gwen warad. Anna werd uns a Zeichen gebm welcher der Typn dass is. I dad song dass ma den und seine Freind dann a moi a ob-serviern und schaung wos die so dreibm. Wer woas,

vielleicht fahrt der a um hoibe 11fe ins Kambutrien-Haus zu dem Treffen?
Dann hädma glei olle beinander di ma brachan."

Am Café angekommen, schauten Steini und Krocket kurz von draußen hinein. „Bis jetza nigs auffälligs", bemerkte Steini. „Dann Gemma eini", sagte sein Kollege. Sie gingen ins Café und gleich lächelte Anna zu Ihnen rüber. „Krocket, die lächelt di o." „Na, die moant uns." Anna kam zu ihrem Tisch. „Hallo Zusammen." „Servus Anna", sagte Krocket mit einem Lächeln im Gesicht. Sie beugte sich zu ihm herunter und flüsterte: „Bis jetzt war noch keiner da. Ich geb dir ein Zeichen, wenn der dabei ist ok. „Ja, basst", antwortete er ihr. „Zwoa Weissbier", sagte Steini. Anna ging zurück zur Theke und bestellte die zwei Weissbier. „Und Krocket, warum haust ihrer ned aufn Arsch, gfoids da nimma?" „Du Steini, aus dem Oita bin i raus", antwortete Krocket und grinste.

Einige Minuten später kamen die vier jungen Burschen vom letzten Mal ins Café. Anna gab Krocket ein Zeichen. Geschlagene zwei Stunden mussten sie noch warten, bis sich etwas tat. Um 22.05 Uhr stand einer der jungen Männer auf und kam hinüber zu Steini und Krocket. „So, die Herren Kommissare sind wieder auf der Jagd, was suchen wir denn heute? Falschparker, Umweltsünder oder Mülltonenzündler?" Der Tisch mit den jungen Stundenten lachte laut. Krocket lies nicht lange mit einer Antwort auf sich warten: „Sie offensichtlich nicht, sonst wären wir schon längst zu Ihnen rüber gekommen. Und jetzt schauns, dass

Sie sich schleichen, bevor mir doch noch einfällt, dass ich etwas von Ihnen brauche."

Der junge Mann ging zurück zu seinen Freunden, die mittlerweile aufgestanden waren und an der Türe auf ihn warteten.

Als sie das Café verlassen hatten, kam Anna und sagte Krocket, dass der mit dem roten Kapuzenpullover derjenige vom Park war. Er sagte nur kurz „Alles klar, brauchst keine Angst mehr haben. Den schnappen wir uns!" Als die vier jungen Burschen außer Sichtweite waren, verließen auch die Beamten das Café und folgten ihnen unauffällig. „Krocket, hoi du an Wong und ih gäh eana noch. Park irgendwo in der Gabelsberger und kim zum Kambutrien-Haus." „Ok Steini, Schigma a SMS wen si irgendwos duad." „Ok, bis glei." Steini schlich den Verdächtigen unauffällig hinterher, während Krocket den eher auffälligen gelben Camaro in die Gabelsberger fuhr. Als er geparkt hatte, stieg er aus und ging hinüber zur Verbindung, wo sein Kollege bereits auf ihn wartete. Er flüsterte Krocket zu: „Volltreffer, san olle nei. Soima Verstärkung hoin?" „I woas neda", antwortete Krocket, „los uns erst a moi beobachten wos bassiert und dene a weng Zeid gebm, dass in Wallung kemman, dann kemma immer no Verstärkung hoin. „Ok, so machmas."

Die beiden Ermittler warteten bis 22.50 Uhr um sicher zu gehen, dass die Party schon im Gange wäre, bevor sie einschritten.

„Steini, mir schleichma uns Stiang auffi und schaung a moi durchs Schlüsselloch oder oans vo die Nachbarzimmer ob ma wos seng ok?" „Ok, auf gähts."

Ganz behutsam schlichen die Ermittler die Treppe hinauf und desto näher Sie der Türe kamen, die mittlerweile wieder notdürftig zusammengeschustert wurde, desto mehr konnten sie bereits hören. „Do gäd aber a moi die Bost ab ha?" „Ja spinnst Du, i woas scho garnimma wia des gäd und do gäd ois durchanand", witzelte Steini. Krocket ging zur Tür und versuchte etwas durchs Schlüsselloch zu erkennen. Plötzlich begann er laut zu lachen. Damit dies nicht alle hörten hielt er sich die rechte Hand vor den Mund. „Krocket wos isn, kem a moi wieder runter." Als er sich beruhigte hatte, sagte er: „Steini schaug eini, da sägst as." Steini ging zur Tür und schaute auch durch Schlüsselloch. „Boah Krocket, san die Weiba geil, spinnst Du." „Na Steini schaug auf die Manna." „Na i glaubs ja neda, des is ja unser Scheef." „Genau, da schaugst gä. Vo weng, so guad dad er den Kramerstoa ned kenna und und und. Ois glong." „Und was damma, Krocket?
Lass man überd Klinga springa oder schaugma dass man aussi bringan?" „Steini i glab mir ham mehra davo, wenn man aussi bringan, so mittelfristig woast?" „Ahhhhhh Krocket, i verstäh wos du moanst."

Mir soitma schaung ob des der oanzige Zugang zu dera Bumsstubm is." Sie gingen im Flur weiter nach hinten und kamen zu einer weiteren Türe. Dahinter brannte auch Licht, allerdings war es ruhig. Auch hier beugte sich Krocket hinunter und schaute durchs Schlüsselloch. „Do hammas. Die Burschen stengan hintam Spiagel und filmen schaug." Steini beugte sich auch hintunter und sah wie die vier Burschen aus dem Uni-Café sich sichtlich amüsierten. „Bass auf Steini, mir macha foigendes: Erst hauma Sicherungan aussi, dann schnapp i mir die Burschn und loss die Kamera verschwindn. Zeitgleich stürmst Du in des andere Zimmer und bringst den Schmitz raus. Dann ruaf ma die Trachtler, ok?" „Jawui Krocket des kant funktioniern." Steini und Krocket gingen hinunter in den Keller um den Sicherungskasten zu suchen. Sie nahmen beide ihre Taschenlampen und leuchteten sich den Weg. „Schaug doforn isa", sagte Steini. „Gäh Du wida aufi und gib ma a Zeichn wennst bereit bis. Dann schoit i an Schtrom ob und kimmat mi um die lustign vägler." Krocket ging hinauf vor die Tür hinter der die vermeindlichen Spanner die andere Seite beobachteten. Er zog seine 44er und warf eine Münze in den Keller hinunter. Das war das Zeichen. Steini schaltete den Strom ab und lief wieder hinauf.

Im selben Moment trat Krocket die Tür ein und schrie „Polizei alle auf den Boden." Vor lauter Schreck warfen sich die vier jungen Männer auf den Boden. Dann ließ er schnell die Videokamera verschwinden.
Im anderen Zimmer war man bereits unruhig geworden. Doch im Dunklen traute sich keiner so recht von der Stelle. Steini öffnete die Türe und rief: „Polizei, alles auf den Boden." Kriminaldirektor Schmitz wusste nicht so recht was er tun sollte. Er schaute auf den

Schein der Taschenlampe und kroch langsam hinüber. „Chef haben Sie nichts zum Anziehen", fragte Steini seinen Vorgesetzten. „Herr Steininger was für eine Überraschung, ich bin hier quasi undercover."

„Jaja Chef undercover, eher ohnecover.
Nehmen Sie sich eine von den Decken da vorne und warten Sie dann draußen. Ich kümmere mich um den Rest."
Er schloß die Tür wieder zu und ging zu Krocket.
„Gib ma dein Autoschlissel." Krocket warf Steini seinen Autoschlüssel hinüber, der ging wieder zu Kriminaldirektor Schmitz. „Da is der Schlüssel zum Auto vom Krocket , der Camaro steht gegenüber. Jetzt schauns, dass Sie sich dort verstecken bis wir uns wider melden. Schmitz schlich mit seinem Deckenumhang hinaus, während Steini ihm den Weg mit seiner Taschenlampe wies. „So jetza schoit i an Strom wida ei und du Krocket konnst die Trachtler ruafa." Er ging in den Keller hinunter und Krocket fummelte sein Handy aus der Tasche.
„Zentrale, hier Krockberger, mir brachatma zwoa Streifen in die Gabelsberger 4, Kambutrien-Haus, für an Zugriff." „Verstanden, zwei Streifen in die Gabelsberger 4." Steini war mittlerweile wieder im Keller und schaltete den Strom ein. Das Licht ging an und er packte seine Taschenlampe zurück in seine Jacke. Zurück im zweiten Stock, öffnete er die Tür zum Vergnügungspark. „So meine Damen und Herren. Jetzt ziehen Sie sich alle etwas an und halten Ihre Ausweise bereit." Während dem sich die Partygäste anzogen, packte Steini die Kleidung und Sachen seines

Chefs aus der Gardarobe in eine herumliegende Plastiktüte. Dann wendete er sich wieder den Gästen zu: „Und das mir keiner meint, er könnte einfach verschwinden, gell. Krocket wia schaugts aus?", rief er seinem Kollegen zu.

„Du, die hamd Hosn gstricha voi und es riacht a a weng donoch." Aus der Ferne hörte man bereits die Sirenen der nahenden Streifen. „I dad song olle aufs Präsidium und Verhör." „So machmas Steini."

Die mittlerweile eingetroffenen Streifenbeamten kamen Treppe rauf. „Servus, nehmts olle mid aufs Präsidium. Personalien feststellen und soin dann wartn. Bis auf den mid dem rodn Gabutznshirt, den nemma mir mid", wies Krocket die Kollegen an. „Ok, Krocket, da brauchma no a Streifen, so vui Blotz hamma neda." Der Streifenpolizist griff zum Funkgerät: Isar1 von Isar 22/11 kommen." „Isar1 hört." „Bitte nochan Streifnwong ind Gabelsberger 4, Kombutrien-Haus." „Verstandn, weitere Streife ind Gabelsberger 4." „Richtig."
Krocket übergab einen nach dem anderen und ließ ihnen Handschellen anlegen. Bis auf den Burschn im Roten Kapuzenshirt. Diesen hilt er mit einem Fuß am Rücken in Schach.
Die Streifenbeamten führten einen nach dem andern hinunter und setzten sie in ihre Einsatzfahrzeuge. Die dritte Streife kam und übernahm die restlichen Personen.
„Oiso mir hammas dann, bis spada." „Bis spada, servus." Krocket hatte den Fuß immer noch auf dem Rücken des jungen Mannes postiert. „Krocket moanst

ned, du Soittatst dein Fuaß a moi wieda runtanemma", fragte Steini.

„Na warum i stäh bequem."

„Wenn mein Vater mit Ihnen fertig ist, dann können Sie Strafzettel verteilen", röchelte es von unten. Krocket trat noch fester auf. „Ahhh, Sie tun mir weh, ich bekomm keine Luft mehr. „So, keine Luft? Meinen Sie die Anna hat besser Luft bekommen?" „Hat die blöde Schlampe mich verraten, dass soll sie büßen. Sowas lässt sich BetaAlpha nicht gefallen." „Jetzt sagen Sie erstmal wie Sie heißen?" „Luca, Luca Seisenberger." „So Luca jetzt stehst du mal langsam auf und ich leg dir Handschellen an." „Aua, das tut weh." „Du meinst, wenn ich deine Arm so nach oben ziehe, tut es weh?" „Jaaaaaaaa tut es, jetzt hören Sie halt bitte auf."

„Und jetza gemma", sagte Krocket nur noch.

Dann schubste er den jungen Mann Richtung Treppe." Als sie das Haus verließen stoppten sie nochmals kurz. „Krocket host Du die Kamera?" „Freili do is, nimms aus meiner Daschn." Steini nahmm die Videokamera aus Krockets Tasche. Der führte Luca zu seinem Camaro in dem auch Kriminaldirektor Schmitz schon wartete.

Als er die Tür öffnete, meldete Schmitz sich kleinlaut zu Wort: „Herr Krockberger, muss das sein." „Ja, wir haben keine zwei Autos und der Herr kennt Sie ja gut, nachdem er alles gefilmt hat." Steini kam auch zum Wagen und warf Schmitz die Videokamera zu. „Da ist alles drauf. Machen Sie damit, was Sie wollen, Ihre Entscheidung."

„So und Luca, dir les i no deine Rechte vor." „Wart Steini, an Moment noch." Krocket drehte Luca zu sich um, streichelte ihm zärtlich die Wange und richtete seine Frisur.

Luca staunte etwas verwirrt. Aber dann trat Krocket einen Schritt zurück, holte weit aus und verpasste ihm ein Veilchen. „Das war für Anna." „Ich zeige Sie an. Das ist Polizeibrutalität." „Steini host du wos gseng? Oder Sie Herr Direktor, haben Sie etwas gesehen? „Na", „Nein." „Sehen Sie, es ist gar nichts passiert." „Sie sind übrigens vorläufig festgenommen, wegen des Verdachts der schweren Körperverletzung, Erpressung und Mordes. Sie haben das Recht zum Schweign, alles was Sie sagen kann und wird vor Gricht gegen Sie verwendet. Wenn Sie einen Anwalt brauchen, dann können Sie ihn organisieren oder wir besorgen Ihnen einen Pflichtverteidiger."

Als Krocket fertig war schob er Luca auf die hintere Sitzbank des Camaros neben Kriminaldirektor Schmitz. „Meine Herren, könnten Sie mich bitte mit ins Präsidium nehmen. Ich muss mir was anderes anziehen." Steini fummelte die Plastiktüte hervor und drückte sie Kriminaldirektor Schmitz in die Hand. „Da das sind wohl Ihre, oder?" „Wunderbar Herr Steininger, wunderbar." Schmitz turnte, sich ankleidend im Camaro rum.

Als er angezogen war sagte er nur noch: „Danke meine Herren. Dann steige ich wieder aus und nehme meinen eigenen Wagen. Achso, und die Kamera nehme ich auch mit." Steini stieg aus und klappte den vorderen Sitz um, damit Schmitz wieder aussteigen konnte. Danach stieg er wieder ein und beide schauten noch kurz, wie ihr Chef auf dem Weg zu seinem Wagen im Schatten der Häuser verschwand.

„So Bursche und jetzt zu dir", sagte Krocket und startete den Wagen. Vollmundig, amerikanisch gleitete der Camaro ins Präsidium.

Dort angekommen schaute Steini auf die Uhr. „Krocket, es is scho oans. I moan die kenna olle bis moing in da fria obkühln. Mir gemma jetza hoam." „Des is a ganz guade Idee. Bringma unsan junga Freind no in seine Gemächer und dann schleichma uns." „Wie, ich muss die Nacht hierbleiben? Das geht doch nicht, mit den anderen Proleten und Pennern zusammen?"

„Klar geht das. Es ist ganz kuschelig und der Wellnes-Bereich ist inklusive." Krocket und Steini lachten. Sie brachten Luca hinauf in den Zellenbereich. Dort musste er noch kurz beim Diensthabenden einchecken. „Mir ham da den Herr Seisenberger, bitte polizeilich registriern und dann a Nocht ins Wellness. Mir hoindn dann moing." „Ois klar werd gmacht", sagte der Beamte.

„So Steini, soi i di no hoamfahrn?"

„Na lass, i nimm ausnahmsweise an Dienstwong. Mir seng uns moing um achte oder?" sagte Steini mit einem Grinsen, da er wie immer davon ausging, dass Krocket viel zu spät kommen würde. „Jetza backmas", sagte Krocket nur noch und beide gingen hinunter auf den Parkplatz, um davon zu fahren.

Krocket überlegte, ob er Anna noch eine SMS schreiben sollte. Sie hatte ihn ja eigentlich gebeten, noch vorbei zu kommen. Was solls, dachte er sich und schrieb: Hallo Anna, könnte jetzt noch vorbeischaun, wennst magst. Es dauerte nicht lange da kam auch schon die Antwort: *freu* ja bitte komm.

Krocket fuhr zurück Richtung Schwabing, um Anna in ihrer Wohnung in der Georgenstraße zu besuchen als plötzlich hinter ihm ein schwarzer Geländewagen auftauchte. „ZiFix was will denn der von mir." Krocket beschleunigte den Camaro aufs äusserste und der Geländewagen folgte ihm weiter. Als er in die Luisen-straße abbog, machte er kurzer Hand eine Volbrem-sung und der Verfolger konnte nur knapp ausweichen und fuhr beinahe in den Camaro. Krocket sprang so-fort aus dem Wagen, zog seine 44er und riß die Fahr-ertür des anderen Wagens auf, als sich plötzlich die Türe der gegenüber liegenden Seite öffnete und der Fahrer hinaussprang und flüchtete. So schnell in der Dunkelheit verschwunden, entschied sich Krocket, ihm nicht zu folgen. Er rief stattdessen die Zentrale an: „Hier Krockberger, i brauch an Abschleppdienst und a Streife ind Luisenstross."
„Verstanden, Streife und Abschlepper Luisen." Jetzt stand er da. Er wollte doch eigentlich zu Anna und durfte seine Zeit stattdessen mit Warten verbringen. Zum Glück war fünf Minuten später die Streife da.
„Servus Kollegen, des Fahrzeug wird beschlagnahmt. Lassts as zur KTU schleppn und machts glei a Halter-feststellung. Der Abschlepper is scho aufm Weg."
„Ok", sagte einer der beiden Streifenbeamten, mir kümmern uns. „Merci i bin dann weida."

Krocket stieg wieder in seinen Wagen und war einigermaßen irritiert obgleich der Verfolgung seiner Person.

Als er endlich einen Parkplatz in der Georgenstraße fand, war es bereits 2:10 Uhr.

Er ging zur Tür von Annas Haus und läutete. Der Summer der Türe klang wie eini Halleluja in seinen Ohren. Er ging hinauf und Anna öffnete: „Hallo Krocket", sagte sie. Nur noch mit einem weißen Seidenbademantel bekleitet, bat sie Krocket hinein. Die ganze Wohnung war voller Kerzen und es klang nach romantischer Musik. „Anna, damit häd i jetza garneda grechnet." „Ich wollte Dich überraschn, Liebster." Sie drehte sich zu ihm um und öffnete den Gürtel des Negliges. Wie in Zeitlupe viel dies von ihr ab und auf den Boden.

Krocket traute seinen Augen nicht. Diese Schönheit, die da vor ihm stand, einfach unglaublich. Zärtlich nahm sie Krocket an die Hand und führte ihn ins Bad. Dort wartete schon eine wohltemparierte Badewanne auf ihn. Anna begann Krocket auszuziehen und sagte. „Komm, steig rein, ich verwöhn dich ein wenig." Krocket brachte vor Nervosität keinen Ton mehr heraus und stieg in die Wanne.

Anna begann langsam damit ihn zu massieren und Krocket schloss die Augen und genoß diesen so elektrisierenden und gleichzeitig entspannenden Moment. Dann stieg Anna zu ihm und sie liebten sich. Krocket griff immer wieder nach ihrem Körper, drückte ihn, umschlang ihre Rundungen mit seinen Armen und hob sie schließlich aus der Wanne und trug sie auf Händen ins Bett. Kaum lag sie da mit ihrer Schönheit und dem glitzernden Haar, begann Krocket Anna zu verwöhnen. Ihr Körper zitterte bei jeder Berührung und fing irgendwann zu beben an. Als sie es nicht mehr aushielt, stieß sie Krocket von sich weg und begab sich in Reiterposition.

Krocket drückte immer wieder ihre Schenkel, die in seinen Händen zu pulsieren begannen. Und bald ergossen sich beide Körper übereinander und vereinten sich zum ewigen Glück der Liebe. Als sie wieder zu Atem kamen, lag Anna in seinen Armen und Krocket streichelte ihr seidiges Haar.

Anna fragte leise: „Sag mal, hast du eigentlich auch einen richtigen Vornamen." „Ja", sagte Krocket. „Und der ist." Krocket druckste rum, um dann leicht verschmitzt zu antworten: „Julius." „Ein wunderschöner Name", beruhigte Anna ihn. „Er zeugt von Macht und Sensibilität und hat Charakter." Als Anna weiter über den Namen philosophierte, drückte Krocket die Zigarette aus und küsste sie noch einmal. Dann schlief er ein. Eine Weile schaute Anna ihm noch beim Schlafen zu, bevor dann auch ihre Augen der Müdigkeit erlagen. Bereits um 6.30 Uhr wachte Krocket auf. Er streckte sich und ging ins Bad. Nach der Dusche fühlte er sich wie neu geboren.

Nochmal kam er kurz zu Anna ans Bett und gab ihr einen zärtlichen Kuß. „Ciao Schatzi, bis später." Anna öffnete kurz die Augen: „Ciao, denk an mich." Krocket ging zu seinem Wagen und fuhr zum Präsidium. Bevor er mit den Vernehmungen beginnen wollte, galt es herauszufinden wer der nächtliche Verfolger war.

Es war Punkt acht. Ein Wunder! Er war erster im Büro. Er bediente er sich mal wieder eines Shirts aus seiner Notfallversorgung, dann wollte er gleich in die Kantine runter, um Weisswürste zur Brotzeit zu ordern. Als er zurückkam war Steini gerade angekommen. „Grias di Krocket." „Servus Steini. I hob uns scho a boar Weisse bsteid zur Brotzeit." „Ah Supa i hob eh no nix ghabt." „Du Steini, wia i gestan nach der Festnahme Richtung Heimat gfahrn bi, hod mi a schwarzer Geländewong verfoigt. Wir i den Gsteid hob is da Fahrer obghaut. Des Auto stät in da KTU und moment, ah do iss der Zettel vo da Halterfeststellung. I glaub i spinn, des Auto ghärt dem von Kramerstein." Es klopfte an der Türe und ein Beamter kam herein. „Das Auto vom von Kramerstein von gestern Abend hat er heute Morgen als gestohlen gemeldet." „Hobts iam gsogt, dass do is", sagte Krocket. „Na, mir woid ma erst mit dir redn." „Ok, merci." Der Beamte verließ wieder das Büro und sie begannen zu überlegen, was das zu bedeuten habe.

„Moanst es woit da oana wos Krocket."
„Na konn i mir neda vorstein, dann warad der ned obghaut oder warad mir hintauffi gfahrn." „Aber warum hoda di dann offensichtlich verfoigt und im Auto vom von Kramerstein?" Du vielleicht hod gestan oaner vo die Burschn no den von Kramerstein ogruaffa. Der is doch der Anwoid vo derer Verbindung und wer woas wiafui Geschichtn der uns evtl. no aufdischt hod."

„Des kannt nadirli sei und oana soit di verfoing um zum seng, was du sonst no planst oder duast, um evtentuell friara zum wissen wos aufbassen miassen." „Oder mi erpressn kenna." „Gabats do wos." „Ach Steini do gabats fui, die Saufferei, d'Weiba du woastas doch. Aber egal, wos machma jetza konkret?" „I schlog vor, du bsteist den von Kramerstein ein und ich nehm mir die „Sexbestien vor." „Du aber den Luca, den lasst fei mir gell." „Freili, basst scho, hob i ma scho denkt."

„Ok, parallel bitt i den jungen Kollegen von der Bereitschat mehr über diese Wettbewerbe vom Surfer rauszubekommen. Was do wia zamhängt und wer da die Konkurrenten san." „ok."

Krocket ging hinaus und über die Treppe ein Stock tiefer zur Bereitschft. Er klopfte an eine Türe und eine Stimme rief: „Herein." „Servus, Krockberger vom Mord, i brahad a moi eana huif." „Was kann ich denn für Sie tun?", sagte Polizeiobermeister Michael Huber. „I Loat eana glei a e-Mail über an Dodn Eisbachsufer weida. Der war offensichtlich einer der Weltbesten.

I wui wissen wer da die Konkurrenten san und wia des ois zamhängt ok?" „Gerne, ich wollte schon immer mehr über die Eisbachszene wissen." „Oiso, wenns was ham mäidns eana bei mir." Krocket ging wieder hinaus. Auf dem Gang sagte er zu einem uniformierten Polizisten. „Gä bringens mir den Luca Seisenberger bitte." „Ok, mach i."

78

Als die Tür wieder aufging, führte der Beamte Luca Seinsenberger in Handschellen hinein. „Merci, bleibms bittsche vor da Dir."

Der Beamte antwortete: „Ja gern." So Herr Seisenberger, wir zwei gehen jetz ins Vernehmingszimmer."

„ich will meinen Anwalt sprechen."

„Der heisst von Kramerstein richtig? Und mit dem haben Sie eh scho telefoniert und ihm alles erzählt oder?" „Ja und er hat gesagt, ich solle mich ohne seine Anwesenheit nicht vernehmen lassen."

Als Luca das sagte, zog er sich einen Stuhl heran und wollte sich setzen. „GäGäGäGä, hab ich gesagt, Sie können sich setzen? Sie können a im Stehen auf Ihren Anwalt warten, mir ist das nämlich egal." Luca blieb stehen. Die Tür ging wieder auf und Steini kam herein. „Wie schauts mit Brotzeit aus?" „Gern Steini."

„Ok dann gäh i schnei obi." Er ging in die Kantine um die bestellten Weisswürste abzuholen und Luca stand immer noch brav neben Krockets Schreibtisch, der sich gemütlich zurücklehnte und ihn von oben bis unten musterte. Steini kam mit einem Tablett herein. Er verteilte die Weisswürste und Brezen und öffnete ihnen zwei Flaschen Weissbier.

Sie begannen zu Essen und Luca lief das Wasser im Mund zusammen.

„Und Steini, wie weit bistn?" „I hob olle Personalien priaft, zu dem Vorfall Wiedmann konnten sie nicht viel sagen und vo Vergewoitigung woid koana wos wissn. Unsere Partygäst hob i wida hoamgschickt. Die san bedient genua und die drei Burschen warten aufnden Staatsowoid. Die kriang a Anzeige wegen Erpressung und Verletzung der Persöblichkeitsrechte.

„Sie haben keine Chance, wir sind bald alle wieder frei, dafür sorgen unsere Eltern schon", rief Luca dazwischen. „Ja mei, das kann schon sein, aber erstmal bleibst hier", entgegnete ihm Krocket. „Und weil das Fräulein Anna Anzeige gegen dich erstattet hat, wega Körperverletzung glaub ich, dass du auf jeden Fall hier bleibst, auch wenn deine Freunde heimgehen dürfen." „Das werden wir noch sehen." „Genau da schau ma mal" und im Chor führten Steini und Krocket fort „Dann seng mas scho" und lachten dabei. Das Telefon klingelte und die Pforte war dran: „Herr Krockberger, i hob da einen Herr von Kramerstein." „Lossens eam neifahrn." „Olle parkn ausserhoib, aber der Herr von und Zua muas eini", frotzelte Krocket. „Loss seng was hodan fira Auto. Ahhhh a Leihauto sext des, do bin i ja gspannt was er sogt." Kurz drauf klopft es an der Tür. Ein Beamter öffnet: „Da häd i an Herr von Kramerstein fir eich." „Ok, merci" antwortete Krocket. „So Herr Seisenberger dann gema zum Verhör." „Leider noch nicht", entgegnete von Kramerstein, „Ich möchte erst mit meinem Mandanten alleine sprechen." „Auch recht. Türe raus und vorn das letzte Zimmer auf der linken Seite. Ich schicke Ihnen einen Beamten mit." Krocket öffnete die Tür und sagte zum Beamten, der vor der Tür wartete: „Bringst Du bitte die beiden Herrn ins Vernehmungszimmer? Merci." Der Beamte begleitete Herr von Kramerstein und seinen Mandanten alsgleich dorthin.
„So Luca, da hast du uns in eine Scheißsituation gebracht. Niemand hat davon gesprochen, die Anna zu überfallen. Das war extrem ungeschickt."
„Aber Sie haben doch gesagt einschüchtern."

„Ja aber wie kann man so dumm sein, daraus eine Straftat zu machen und auch noch erkannt zu werden." „Ich war sicher sie hält den Mund."
„Du warst sicher soso." „Ich habe eben mit deinem Vater telefoniert. Wir sind uns einig, dass du die ganze Schuld auf dich nimmst, zu ehren BetaAlpha." „Ihr seid euch einig und was mit mir wird, ist euch scheiß egal. Ihr habt mich doch immer wieder zu allem angestiftet. Den Wiedmann, den Peter und mich. Ihr habt doch alle unter Druck gesetzt. Wenn wir nicht mitgemacht hätten, wären wir irgendwann auf der Straße gelandet oder wie der Paul im Bach und ersoffen." „ Du kannst es dir überlegen Luca, entweder du bist für uns oder gegen uns. Bist du für uns dann zeigst du Charakter, Loyalität und Ehre. Du musst dich entscheiden." Von Kramerstein stand auf und bat den Beamten vor der Tür, die Kommissare Steininger und krockberger zu holen. Als diese kamen, saßen Anwalt und Mandant friedlich nebeneinander. „Sooooooo", sagte Krocket und drückte wie immer den roten Knopf des Aufnahmegerätes.

Anwesend sind der beschuldigte Luca Seisenberger, sein Anwalt Dr. Traugott von Kramerstein, die Kommissare Steininger und Krockberger in Sachen des Mordes an Paul Wiedmann, sowie der Körperverletzung an Anna Teubner, Aktenzeichen AKQ123432 und AKQ123436.
„Herr Seisenberger", fragte Steini, „Wo waren Sie am Morgen des 22. Juli gegen 6 Uhr. „In meinem Bett", antwortete Luca. „Kann das jemand bezeugen?", fragte Krocket. „Ja, meine Mitbewohner." „Also die

Burschen, die wir gestern mit Ihnen zusammen ver-
haftet haben?"

„Ja genau die."

„Ja, so ein Zufall."

„Meine Herren, das sind alles Knaben aus gutem
Hause", merkte von Kramerstein an. Krocket konterte
sofort

„Is scho recht Herr von Kramerstein. Wir werden das
prüfen."

„Haben Sie die Anna Teubner überfallen Herr Seisenberger", fragte Steini.

„Ja, das habe ich."

„Und warum, haben Sie persönliche Gründe gehabt?"

„Nein eigentlich mag ich sie recht gern.
Sie hat nur zu viel über unsere Privatveranstaltungen
geplaudert und als die Polizei auftauchte, wollten wir
sie etwas einschüchtern."

„Warum wir?"

„ Äh nein, ich meinte natürlich ich."

„Herr Kommissar, eigentlich ist doch nichts passiert.
Es ist doch nur eine Bagetelle. Luca hat alles zugege-
ben, jetzt lassens uns halt gehen", warf der Anwalt
ein.

„Luca", sagte Krocket, „Für so einenan Überfall wan-
derst du ein Jahr in den Bau, ist dir das klar?" „Traugott, davon hast du nichts gesagt, ich will nicht ins
Gefängnis." „Luca, ganz ruhig, das ist doch noch gar
nicht raus.
Erstmal gibt einen Haftprüfungstermin und wer weiß,
ob es überhaupt dazu kommt. Wenn der Staatsanwalt keine Notwendigkeit sieht, kannst du eh gleich
nach Hause gehen."

„So Herr Seisenberger, jetza frag ich Sie nochmal: Ist das Ganze auf Ihrem eigenen Mist gewachsen, oder hat es noch andere Beteiligte gegeben?", fragte Steini. „Ich sag alles, mir reichts.

Der von Kramerstein, wollte unbedingt den Ruf von BetaAlpha sauber halten und ich sollte alles auf mich nehmen. Sogar mein Vater will das so, weil ich mich eh blöd angestellt hätte und da muss nicht die ganze Verbindung drunter leiden."

„Interessant, Herr von Kramerstein, was sagen denn Sie dazu?", fragte Krocket. „Also Luca, das ist doch eine freie Erfindung, da geht deine Phantasie mit dir durch." Was soll denn ich damit zu tun haben? Jetzt besinn dich doch." „Herr von Kramerstein, wo waren Sie eigentlich gestern so um 1:45 Uhr?", fragte Steini. „Ja im Bett, wo sollte ich denn sonst gewesen sein." „Ihr Auto aber nicht, das ist meinem Kollegen Krocket vom Kambutrien-Haus nach Schwabing gfolgt und dann von ihm gestellt worden. Leiderkonnte er den Fahrer nicht erkennen. Der ist nämlich abgehauen." „Ich habe meinen Wagen heute Morgen als gestohlen gemeldet. Ich kann Ihnen da leider nicht helfen." „Traugott, jetzt hör doch mit der Lügerei auf. Du hast doch gestern noch gesagt, Peter würde draußen aufpassen, dass nichts passiert. Wahrscheinlich hast du ihn dem Kommissar hinterher geschickt." „Peter, wieso Peter." „Herr von Kramerstein", begann Krocket, „Ihr Wagen steht bei uns in der KTU und wenn Sie wollen, können wir auch warten bis wie alle Fingerabdrücke aus dem Auto haben.

Dann werden wir Ihnen beweisen, dass nur Sie oder Ihr Herr Sohn gfahren sein können."

„Jetzt geben Sie es doch einfach zu und alle kommen mit einer kleinen Strafe davon."

„Also gut", begann von Kramerstein, „diese Parties, die gibt es schon lange. Bis der Wiedmann dabei war, ist nie was passiert. Niemand wurde erpresst. Es war einfach nur ein Vergnügen. Danach ist es eskaliert und wir haben die Situation unuterschätzt. Es geriet aus der Kontrolle.

Ich wollte lediglich, dass Luca den Schmitz filmte, damit ich ein Druckmittel in der Hand hatte. Meinen Sohn Peter hatte ich auf Sie angesetzt, um vielleicht etwas über Sie herauszufinden, was man auch als Druckmittel hätte einsetzen können. Schließlich sind Sie ja bekannt als Trunkenbold und Weiberheld. Die ganze Situation ist eskaliert. Und als Anna zu reden begann, wollte ich nur, dass Luca ihr einen Schrecken einjagt und sie den Mund hält.

Aber das ging ja gründlich in die Hose."

„Dass ihr euch nicht schämt. Ihr habt doch alles Geld der Welt und seid in der feinen Gesellschaft und dann sowas. Wie langweilig muss einem eigentlich sein, dass man so eine Scheiße macht, ich glaubs ja nicht." Während Krocket auf von Kramerstein und Luca einredete, stupfte er gleichzeitig mit seinem Zeigefinger auf von Kramersteins Brust. „Wie blöd muss man eigentlich sein, so ein braves Mädchen im englischen Gartn zu überfallen und dann auch noch rausreden. Eine Bagatelle soll das gewesen sein, solch einen Quatsch hab ich ja noch nie gehört."

Krocket redete sich in Rage. „Jetza härst wida auf, Krocket, mir ham ois was ma brachan, den Rest machts Gricht." Steini zog Krocket von von Kramerstein weg und hielt ihn fest. „Ihr zwei müsst aufpassen, dass ihr mir nicht über den Weg läufts in der Nacht, das sag ich euch", schimpfte er weiter. „Jetza Krocket is guad setz die wida und kimm a moi oba", versuchte Steini ihn zu beruhigen. Nach einem Moment der totalen Stille, man konnte die Luft schneiden, sprach Krocket nur noch ins Mikro: „Ende der Vernehmung Samstag, 26. Juli, 10:45 Uhr. Krocket nahm das Tonband aus dem Gerät und sagte: „Das geht jetzt gleich zum Staatsanwalt und dann sehen wir weiter. Sie bleiben beide hier." Er öffnete die Tür und bat einen Beamten herein. „Die beiden Herren kriang an kostenlosen Aufenthalt bis da Staatsowoid entschiedn hod, was a duad. Des Bandl do gebms eam bidsche." „Werd gmacht", antwortete der Beamte.

„So Steini des oane häd mag klärt. Aber beim Mord samma koan Schritt weida. Loss uns amoi bei dem junga Kollegen vo da Bereitschaft vorbeischaugn. Vielelicht woas der scho wos, den hob i auf des Surfermilleu ogsetzt."
Steini und Krocket gingen hinunter zur Bereitschaft. Krocket öffnete schwungvoll die Tür und lehnte sich in das Büro hinein: „Und gibt's scho wos neis, Herr Huaba?" „Nicht viel, der Wiedmann gehörte tatsächlich zu den Besten.
Es gab viel Konkurrenz und einige waren neidisch, weil er auch noch als Rechtsanwalt erfolgreich war.

Viele haben sich negativ geäußert, er würde ihnen den Titel wegnehmen, den er garnicht bräuchte und sowas." „Okä, merci", sagte Krocket. Sie gingen zurück ins Büro. „Wos moanst Krocket, gehma dera Spur noch?" „Hamma a andere echte Spur?" „Na ned wirklich." „I glab es warad am besten ebban bei die Surfer eizumschleusn. Die wärn uns ned so fui verzäin wemmas frong. Wos moanst?" „Guade Idee aber wen? Uns kenans scho und mir sand ned wirklich Surfer." „Vielleicht da Huaba, er mocht an aufgweckten Eindruck und warad a der richtige Typ." „Da mias ma aber erscht mibm Schmitz redn", gab Steini zu bedenken.

Sie gingen zu Kriminaldirektor Schmitz hinüber und klopften an seine Türe. „Herein." Als sie eintraten begann Schmitz zu stammeln. Offensichtlich war ihm die ganze Situation unangenehm.
„Ähh ja, meine Herren. Wie geht es Ihnen, kann ich Ihnen einen Kaffee anbieten oder etwas anderes. Krocket Sie möchten doch bestimmt rauchen, oder? Frau Andrasch bitte drei Kaffee und einen Aschenbecher für die Kollegen." Krocket und Steini sahen sich an und dachten sie hätten eine Fatamorgana vor sich. Während Schmitz die Türe zum Vorzimmer schloß, lehnte Krocket sich zu Steini hinüber und flüsterte: „Der hod ganz sche dHosn foi." Steini antwortete: „I hob da doch gsagt, es is gscheida eam zum heifa." „Nun meine Herren, was kann ich für Sie tun?", fragte Kriminaldirektor Schmitz, während die Tür aufging auf und Frau Andrasch den Kaffee und einen Aschen-

becher brachte. Krocket steckte sich auch gleich eine Zigarette an.

Man musste die Gelegenheit schonmal nutzen, in einem öffentlichen Gebäude rauchen zu dürfen und das auch noch auf Anordnung des Chefs.

„Wir brauchen jemanden für eine Undercoveraktion bei den Surfern", sagte Steini. „Alle anderen Verdächtigen haben nichts mit dem Mord zu tun, da sind wir uns sicher." „Wir haben nur eine Spur die zum Motiv Konkurrenz führt", erläuterte Krocket. „Ja und Sie meinen ich soll da undercover gehen. Das ehrt mich und gibt mir die Chance zu beweisen, dass ich ein guter Polizist bin." „Äh Chef, bei allem Respekt, wir hätten da einen jungen Kollegen von der Bereitschaft gedacht" unterbrach Krocket Schmitz.

„Haben Sie mit dem schon gesprochen?" „Nein noch nicht.Wir wollten erst mit Ihnen reden", sagte Steini. „Also von mir aus spricht nichts dagegen, ich infomiere seinen Dienststellenleiter und Sie können mit ihm sprechen, ob er das gerne machen möchte. Übrigens ich gebe morgen Nachmittag eine kleine Soiree. Sie sind herzlich eingeladen." „ Sehr nett Chef, aber wir wollen Sie nicht stören", bedankte sich Steini für die Einladung. „Außerdem ist morgen Sonntag und wir wollen irgendwann mal nach Hause", ergänzte Krocket, während dem er seine Zigarette ausdrückte.

Sie standen auf, verließen Schmitz wieder, um in ihr Büro zu gehen. Angekommen nahm Krocket den Hörer in die Hand und rief bei Polizeimeister Huber an. „Herr Huaba, hams kurz Zeit bitte. Kemmans doch a Momental zu uns." „Gerne Herr Krockberger." Kurz drauf klopfte es und Miachael Huber kam zur Türe hinein.

Er war 25 Jahre alt und hatte erst vor kurzem die Polizeischule beendet. Mit einer sehr sportlichen Figur von 1,90 m Größe und einem durchtrainierten Körper, passte er natürlich optimal in das Profil eines Surfers.

„Herr Huaba, mir hamm an Aufdrog fia eana. Mir brauchma ebban der undercover in die Suferszene gäht um Informationen zu bsoang. Direkt werdn die neda mid uns redn."

„Oh Herr krockberger, das kommt jetzt überraschend. Ich kann doch gar nicht surfen." „Na dann gebns hoid vor dass es lerna woin."

„Und was sagt mein Chef dazu." Steini antwortete: „Der werd grod vo Kriminaldirektor Schmitz informiert." „Ok, grundsätzlich würd ich das machen. Kann ich es mir noch bis Montag überlegen?" „Freili, im Moment brennt nix o und mir gemma jetza a ins Wochenende. „Mir seng uns Mondog ok?" „Alles klar ich melde mich am Montag bei Ihnen", sagte Huber und verließ das Büro. „So Krocket, scho wida zwoa, i fahr jetza hoam zur Familie und was dreibst Du?" „Oiso i werd a hoamfahrn und a weng auframma. Vielleicht gä i dann no in Birgarten. Muas schaung." „Oiso Krocket, schens Wochaend und bis Mondog in oida Frische", „Ja, Dir a Steini, bis Mondog."

Krocket lehnte sich noch ein wenig zurück und ließ die letzten Tage Revue passieren, während Steini sich auf den nach Hause-Weg machte.

Was er alles erlebt hatte war für ihn unglaublich. Sicher, früher hatte er auch viele Episoden mit verschiedenen Frauen. Aber eine derart krass von Endophienen ubersähte Woche war selbst für ihn zuviel. Als er aufstand und seinen Computer ausschaltete, war es bereits 15 Uhr. Er ging hununter zu seinem Wagen, stieg ein, steckte sich eine Zigarette an und fuhr los.

Plötzlich krachte es. 200 Meter nach der Ausfahrt hatte der Camaro mehrere Fehlzündungen und blieb liegen. „Ze Fix, los mi jetza ned im Stich." Krocket versuchte das Auto erneut anzulassen, doch mehr wie ein KlackKlack war nicht mehr zu hören. „So ein Mist." Er stieg aus und versuchte den Camaro in einen Parkplatz zu schieben. Dabei sahen ihn einige Passanten und versuchten zu helfen.
Endlich war das gute Stück von der Strasse runter und Krocket dachte, was er denn jetzt tun sollte. Es war ja schon Samstagnachmittag und um diese Zeit würde er niemanden mehr finden, der ihm das Auto reparierte. Er entschied sich Anna anzurufen. Es klingelte „Hey Krocket, lieb das du anrufst, was kann ich für dich tun?" „Du Anna mir ist mein Auto verreckt und jetzt stehe ich hier an der Polizei und komme nicht weiter." „Du Krocket, du kannst mein Auto haben. Komm einfach zum Café, dann geb ich dir den Schlüssel." „Ja super das ist ja klasse, bis gleich."
„Bis gleich Liebster."
Krocket rief ein Taxi und lies sich zum Uni-Café fahren.
Als er hineinging kam Anna sofort auf ihn zu und nahm ihn in den Arm: „Hallo mein Schatz. Hier ist der Schlüssel. Das Auto steht bei mir vorm Haus." „Was

ist es denn für einer?" „Das erkennst du bestimmt sofort. Holst du mich heute Abend ab." „Gerne wann?" „So um 22.00 Uhr?" „Ok, paßt, ciao und danke nochmal."

Nachdem Krocket das Cafe verlassen hatte, ging er direkt in Richtung Georgenstraße. Vor Annas Haus angekommen schaute er sich um und es stach ihm in die Augen.
„Ach Du Scheiße, wos isn des?" Was er da sah war ein pinkes japanisches Miniroadster-Cabriolet. Ein Auto, das die Welt nicht brauchte, dachte er sich. Aber es half ja nichts. Er hoffte nur, dass ihn keiner erkannte in dieser Schüssel. „Die moanan do i bin a Schwuchtl", murmelte Krocket, als er den Schlüssel ins Zündschloß steckte und versuchte den Wagen zu starten. Im Gegensatz zu seinem Camaro sprang dieser aber sofort an und Krocket fuhr in Richtung Dachauer Straße.

Als er zu Hause angekommen war, öffnete er erstmal alle Fenster um zu lüften. Nachdem er Durst hatte, ging er zum Kühlschrank, um sich etwas zu trinken zu holen. Da waren noch zwei Bier und was war das? Eine Tüte vom griechischen Bringservice. „Angelos, mmh, haben die nicht vor zwei Jahren zugemacht?" Krocket packte die Wut über seine Schlamperei. Er schmiß alles, was er im Kühlschrank fand in den Müll. Dann holte er Putzzeug und brachte das Loft auf Hochglanz. Zum Schluß überzog er noch die Betten, machte sich frisch und zog sich um.

Er entschloß sich, in den Waschsalon und zum Einkaufen zu fahren, um seine Lebensmittelbestände aufzufüllen und, dies und das des Alltags zu organisieren. Auf dem Weg dorthin entsorgte er erstmal vier Säcke Müll. Dann fuhr er weiter Richtung Waschsalon.

Als er dort ankam, nam er seine Dreckwäsche aus dem Wagen und ging hinein.

Er begann damit, seine Wäsche zu sortieren und in verschiedene Körbe zu packen. Er murmelte vor sich hin: „Bunt 40zge, 60zge Weiss, 30ge gmischt." Eine junge Frau, die auch Waschtag hatte sprach ihn an: „Kann ich Ihnen vielleicht helfen?" fragte sie. „Nein das bekomm ich schon hin", antwortete Krocket. Doch die junge Frau ließ sich nicht beirren, sortierte alles in Windeseile und startete alsgleich die erste Maschine. Krocket wunderte sich ein wenig, aber als sie sich vor ihm bückte und die Wäsche in die Waschmaschine packte, entdeckte er ihre phantastischen sportlichen Kurven. Ein Ausblick dem er noch erliegen sollte. „Schauen Sie, jetzt dauert es 45 Minuten und dann ist alles fertig. Darf ich fragen wie Sie heißen, ich habe Sie hier noch nie gesehen." „Ich heiße Krockberger, aber meine Freunde nennen mich Krocket." „Oh interessant, ich bin die Lissy. Ich bin vor zwei Wochen erst hergezogen und kenne hier noch niemanden, außer den Leuten, die man im Waschsalon trifft." „Das gibt sich, glauben Sie mir. Besonders wenn man so hübsch ist wie Sie." „Wollen Sie einen Kaffee mit mir trinken", fragte Lissy. „Eigentlich immer, aber ich muß noch zum Einkaufen und dann bin ich verabredet." „Schade, na dann vielleicht beim nächsten Mal." Krocket war sich gar nicht sicher, ob er gehört hatte, was er da sagte. Einem so schönen Mädchen einen Korb geben? Er dachte kurz nach und entschloß sich dann doch anders. Einen Kaffe trinken, dachte er, ist nichts Verwerfliches und einkaufen konnte er ja bis 20 Uhr. Anna musste er erst um 22.00 Uhr abholen, also alles kein Problem. „Lissy", rief er zu ihr hinüber. „Kommen Sie, wir gehen auf einen Kaffee. So viel Zeit habe ich doch noch." „Toll das freut mich, dann bin ich nicht die ganze Zeit so alleine." Lissy war 28 Jahre alt und hatte ein sehr natürliches Antlitz. Eine echte Schönheit 1,80 m groß, blaue Augen, schwarze kräftige Haare und leicht gebräunte Haut. Sie war nach München gezogen, um ihren neuen Job als Marketingassistentin anzutreten. Arbeit und der Umzug hatten ihr bishet nicht viel Zeit für ein soziales Umfeld gelassen. Es schien, als ob Krocket hier mit seiner Ausstrahlung mal wieder ins Schwarze getroffen hatte.

Sie gingen aus dem Waschsalon hinaus. Gleich nebenan war ein kleines Kaffee. Nachdem sie sich es in eine Loungeecke bequem gemacht hatten, unterhielten sie sich eine Zeit lang. Krocket spürte, daß sie sich zu ihm hingezogen fühlte. Und Lissy vermied es, nicht immer wieder kleine Andeutungen zu machen, die eindeutige Ziele verrieten. Doch Krocket stieg nicht darauf ein.

„Ich muss kurz wohin, bitte entschuldigen Sie", sagte Krocket.

„Ok, kommen Sie nur zurück bitte."

Krocket ging auf die Herrentoilette. Als er fertig war und zum Händewaschen am Waschbecken stand, kam plötzlich Lissy hinein und drängte ihn in eine Toilettenkabiene. Er wollte sich wehren, doch da war es zu spät. Sie öffnete seinen Reißverschluss und begann ihn zu verwöhnen. Dann richtete sie sich langsam auf und küsssste ihn.

Dabei zog sie ihren String aus und stellte ihr rechtes Bein auf die Toilette. Während sie ihn küsste verwöhnte sie sich selbst, was wohl eine Aufforderung für Krocket war, ihre Aufmerksamkeit zu erwiedern. Krocket überlegte nicht lange, er kniete sich hin und verwöhnte ihr Heiligstes nach allen Regeln der Kunst. Dann stand der langsam wieder auf, wobei seine Zunge ihren Oberschenkel niemals verließ.

Er nahm einen Ihrer Schenkel wie beim Tango und schlief mit ihr. Einige Minuten später hingen Sie vor Erschöpfung nur noch aneinander und Krocket sagte leise zu ihr: „So etwas tun brave Mädchen aber nicht." „Ich habe nie gesagt, dass ich brav bin."

Sie machten sich kurz frisch, zahlten und verließen das Kaffee wieder. Krocket machte sich auf den Weg zum Supermarkt und Lissy sagte: „Ich gehe wieder in den Waschasalon, meine Wäsche fertig machen. Wäre schön wenn wir uns noch sehen, ciao." Krocket, noch immer etwas verwirrt, hatte es die Worte verschlagen.

Er kaufte erstmal ganz groß ein.

Mit vier Tüten bepackt, ging er zum Auto und fuhr zurück nach Hause. Als er am Waschsalon vorbeikam holte Lissy gerade ihre Wäsche aus der Maschine.

Als sie sich zu ihm umdrehte, lächelte Sie und winkte ihm zu. Krocket deutete an, dass er in 15 Minuten wiederkommen wollte, um sich um seine Wäsche zu kümmern.

Zu Hause räumte er aber erstmal die verderblichen Lebensmittel in den Kühlschrank und alles andere in die Speisekammer. Dann fuhr er zurück zum Waschsalon, freute sich sogar auf Lissy, wollte wissen warum sie so etwas getan hatte, doch sie war weg.

Also nahm er er alleine seine Wäsche aus der Maschine und fuhr im pinken Wäschekörbchen zurück nach Hause. Als es 20 Uhr war, hatte er auch den letzten Rest der Wäsche gebügelt und aufgeräumt. Er dachte sich, bevor ich Anna abhole schau ich noch bei Briggs vorbei und trinke ein Bier.

Gesagt getan. In der kleinen Kneipe war einiges los und Krocket musste sich zur Theke durchkämpfen. Als Briggs ihn sah kam sie sofort zu ihm „Griass di Krocket" „Servus Briggs, a Bier bitte." Briggs lehnte sich soweit über den Tresen, dass er ihre wunderbaren großen Brüste sehen konnte. Ein älterer Gast neben Krocket wurde schon ganz rot, als Briggs Krocket einen Kuß gab. „Und jetzt bekommst du dein Bier."

Beim Ersten setzte Krocket genau einmal an und löschte seinen Durscht. Nur leider trank er dann das zweite und dritte und das vierte.

Als es 21.45 Uhr war, fiel ihm wieder ein, dass er ja Anna abholen wollte.

Doch fahren konnte er nicht mehr, also rief er sie an: "Spatzerl, ich habe schon etwas viel getrunken und kann nicht mehr fahren. Ich glaub du hättest sonst auch keinen besonderen Spaß mehr mit mir." „Na das ist ja toll. Ich hab gedacht, du freust dich auf mich, stattdessen gehst du zum Saufen Das ist nicht nett." „Ja sorry ich machs wieder gut. Ich bring dir morgen dein Auto, ok?" „Ok, Krocket, weilst es du bist. Ich hab dich lieb." „Ich dich auch." Krocket legte auf.

„Na Krocket, Liebeskummer?", fragte Briggs. „Nein, aber die Weiber. Kaum ist man mit einer zusammen, schon will sie dich ganz und dir vertrauen und und und. Das ist einfach nicht das Richtige für mich." „Ich stehe immer noch zur Verfügung Krocket, nur wenn du dich mal wieder einsam fühlst."

„Briggs, das war eine einmalige Sache und dabei bleibts ok? Jetzt bring mir noch ein Bier und einen Obstler." Briggs stellte Krocket noch ein Bier und einen Obstler hin, als die Tür aufging und Lissy hineinkam.

Als sie sich gleich wieder umdrehte, vor Schreck des Publikums wegen, rief Krocket ihr nach:

„Hey Lissy, bleib doch da, ich bins der Krocket." Lissy drehte sich um und winkte. Er winkte auch und sie ging hinüber zu ihm und Briggs.

„Hallo Lissy, ich bin die Briggs, die Wirtin hier." „Hallo, ich bin die Lissy und neu hier."

Sie setzte sich neben Krocket auf den Barhocker und sie unterhielten sich eine Weile über dies und das. Gegen 1 Uhr hatten alle das Lokal verlassen und nur noch Briggs, Lissy und Krocket philosophierten über das Leben und wo der Weg wohl hinginge.

Irgendwann begann Lissy Krockets Oberschenkel zu streicheln.

„Hö", sagte Briggs, „nicht zu fest, sonst gibt es Druckstellen." Krocket lächelte, „Eher Engstellen", dann lachte er. Als sich Lissy allerdings zu Briggs über die Theke lehnte und ihr einen Kuß gab, war Krocket mehr als verwundert. Lissy sagte nur: „Nicht eifersüchtig sein, man kann enen Mann auch teilen." Bevor das hier weiter eskalierte sprang er auf, warf 50 Euro auf die Theke und ging. „Die haben doch einen Vogel, die Weiber", murmelte er, während er über die Straße ging. Zu Hause legte er sich ins Bett und schlief gleich ein. Als er am nächsten Morgen um 11 Uhr aufwachte, hatte er ein extrem schlechtes Gewissen Anna gegenüber.

Er verstand das gar nicht. Früher wäre ihm das alles wurscht gewesen. Er wollte sich nicht in eine emotionale Abhängigkeit begeben. Und der Altersunterschied? Anna war fast 20 Jahre jünger.

Und seine Freiheit? Er überlegte lange, was er tun sollte und entschloß sich mit Anna darüber zu reden. Er schickte ihr eine SMS und schrieb:" „Guten Morgen liebste Anna, ich kann um 11.45 Uhr bei dir sein." Sofort bekam er Antwort: „Ja Liebster, komm bitte, ich hatte schon Angst, dass Du mir meine Zickigkeit von gestern übel genommen hast." Als Krocket das las war er einigermaßen überrascht. Sie hatte selbst ihre Zickigkeit erkannt?

Das motivierte ihn noch mehr, mit ihr über alles zu sprechen.

Um 11.50 Uhr klingelte er an ihrer Haustür. Anna machte auf.

„Hallo Krocket, schön das du da bist. Sie herzte ihn unheimlich sehnsüchtig und er fühlte etwas von Heimeligkeit, was er so zuvor noch nie gefühlt hatte. „Da ist dein Schlüssel. Ohne Kratzer, alles bestens." „Du kannst ihn noch behalten wenn du willst." „Nein, lass nur, ist nicht so wichtig, ich kann morgen auch einen Dienstwagen nehmen und klären, was mit meinem Camaro ist." „Du hast einen Camaro? „Si, einen 79er 8-Zylinder." „Wahnsinn Krocket, so einen wollte ich immer mal fahren." „Naja, wenn er noch lebt, können wir das ja organisieren. Anna ich muss mit dir reden." „Jetzt komm doch erstmal rein und setz dich." Krocket setzte sich im Wohnzimmer auf einen Sessel und Anna sofort auf seinen Schoß. Als sie begann ihn zu streicheln, unterbrach er sie. „Anna, jetzt nicht, bitte es ist mir wichtig." „Ok, wenn du meinst, dann schieß los. Aber, wenn du Schluß machen willst, sags einfach gleich und geh, dann kannst du dir das Gesülze sparen." „Anna pass auf. Ich bin dreiundvierzig und habe mei Leben bisher in Freiheit und ohne Zwänge hinter mich gebracht. Du bist fast zwanzig Jahre jünger und hast bestimmt noch andere Erwartungen ans Leben wie ich. Ich kann nicht jeden Tag um die gleiche Zeit am gleichen Ort sein. Ich brauche meine Freiheit und zwar auch für meinen Beruf. Ich mag dich aber richtig gern und möchte mit Dir Zeit verbringen. Das ist mir gestern klar geworden und das wollte ich mit dir klären."

„Oh Krocket, das ist so schön, wie ehrlich du sein kannst. Ich will nicht besitzergreifend sein und deine Freiheit sollst du haben, nur eins musst du mir versprechen, betrüg mich nie." „Anna das verspreche ich. Ab jetzt bin ich dir treu." Krocket verschränkte den rechten Zeige- und Mittelfinger hinter seinem Rücken.

Nachdem es ein wunderbarer Sommertag war, entschlossen sie sich, einen Spaziergang zum englischen Garten und weiter zum chinesischen Turm zu machen. Dort kauften sie sich Brotzeit und Bier, blieben bis Sonnenuntergang und beobachteten die Lampions, die im Licht tanzten.

Dann gingen sie zurück zu Annas Wohnung. „Krocket du?", „Ja Anna." „Lass uns gleich ins Bett gehen", schlug Anna vor, während sie die Wohnungstür aufschloss. „Freilich, was denn sonst mein Schatz", antwortete Krocket und tätschelte dabei liebevoll ihren Po und beide verschwanden im Schlafzimmer.

Am nächsten Morgen rief sich Krocket um sieben ein Taxi. Er verabschiedete sich bei Anna und ließ sich ins Präsidium fahren. Im Büro rief er als erstes bei seiner Autowerkstatt an, die auf amerikanische Autos spezialisiert war. „Grüß Gott, Krockberger. Ich habe Probleme mit meinem Camaro. Der steht hier vorm Polizeipräsidium und läuft nicht mehr.

Künnet Ihr den holen und reparieren?" „Herr Krockberger, das müsste gehen. Ich schicke einen Abschlepper raus. Der ruft Sie dann an wenn er da ist."

„Ok, alles klar, wiederschaun." Krocket legte auf. Eine Stunde später klingelte bereits das Telefon.

„Hallo Herr Krockberger, ich soll Ihr Auto holen."

„Warten Sie, ich komme runter."

Auf dem Gang kam ihm Steini entgegen. „Bin glei wida da Steini, mei Auto is hi und wird grod obghoid."

Als der gelbe Camaro auf dem Abschlepper verladen

war, fuhr dieser gleich los. Krocket schaute seinem Liebling noch einmal sehnsüchtig hinterher. Zurück im Büro erzählte er Steini, dass ihm der Camaro stehen geblieben ist.

„Krocket, dann kafst da jetza a gscheits Auto, ok?" „Moanst an Challenger oder Charger, des warad do wos." „Na Krocket ned scho wieda so an amerikanischen Scheiß.

Kaf da a moi was ordentlichs an BMW oder VW oder so." „Na Steini es muas wenn dann wida a Amerikaner sei."

Es klopfte und Polizeiobermeister Huber kam herein. „Guten Morgen" „Moing Herr Huaba." „Ich habs mir überlegt, ich machs." „Supa", sagte Steini. Dann bsorng ma eana jetza no an Neopren und a Surfbredl und dann gäds los.

Sie fuhren hinunter in den Keller zu den Polizeitauchern. „Servus" sagte Krocket. „Habts Ihr fir den Kolegn an passenden Neopren?" „Servus Krocket, gumoing die Herrn, ja hob i do. Kemmans ummi mir brobiern glei." Nachdem Herr Huber einen passenden Neoprenanzug gefunden hatte, blieb nur noch das Problem des Surfbretts. „Wissts Ihr woma so a Surfbrett firn Eisbach herbringan, wisst scho was jetza so inn is" „Jo scho", sagte der Polizeitaucher. „Da hod a neier Lodn in da Barer Straße eröffnet.

Do gibt's die Teile. Der hod a Gebrauchte, die san ned so deier." „Merci."

Sie fuhren hinauf ins Erdgeschoß und gingen zu Steinis Dienstwagen. „Loss uns glei hifoan, dass ma koa Zeit verliern", sagte Krocket. „Aufm Weg da hoidsts

beim Zeiler-Metzger, dann bsorg i uns a Brotzeit."
„Ok Krocket."
Sie stiegen ein und fuhren los. Am Beginn der Barer-Straße beim Zeiler-Metzger hielt Steini. „Für mi a Leberkassemmi und Ihr." „ I nimm a oane", sagte Krocket. „Ich nehme eine Salamisemmel." „Ok Krocket, Du bist Dro."
Krocket stieg aus und ging in die Metzgerei. Als er alles bekommen hatte, kam er zurück und sie fuhren weiter. Jeder kaute auf seiner Brotzeit rum, als sie das Geschäft „Surfers Paradise" erreichten. „Do Huaba, hams 300 Euro, schaungs das wos kriang", sagte Steini.

Michael Huber stieg aus und ging in den Sportladen. Als der Verkäufer auf ihn zukam und fragte was er für ihn tun könne, sagte er: „Grüß Gott, ich suche nach einem Surfbrett. So eines wie man braucht, um im Eisbach zu surfen. Es soll aber nicht so teuer sein."
„Ok dann schauen wir mal. Ahhh, hier ist es. Das ist ein absolutes Anfängerbrett. Der Kunde hat sich letzte Woche was Schärferes gekauft. Es kostet nur 100 Euro." „Das hört sich doch gut an", sagte Huber, während er zur Kasse ging. Er gab dem Verkäufer 100 Euro, nahm das Brett und ging zurück zum Auto.
„Und?", fragten Steini und Krocket zeitgleich.
„100 Euro Superdeal, oder?"
„Des basst, meine 200 kriag i dan glei wida."
Huber gab Steini die restlichen 200 Euro zurück. „So dann hättma ois. Fahrma erst amoi zruck ins Büro und machan an Schlachtplan wia ma vorgängan", schlug Krocket vor.

Die anderen beiden Beamten waren einverstanden. Zurück im Büro wollten sie versuchen ihrem Kollegen klarzumachen, wie er am besten vorgehen solle.

„Herr Huaba, i moan sie gengnan moing in da fria zum Eisbach. So um achte. Da san scho fui Leid do. Ziangs eana scho vorher den Neopren o und fahrns midm Radl hi. Nehmans eana Bredl und setztns eana ans Ufer. Bis eana oana ospricht.

Dann laffts wia vo seiba, wernds seng. Mir samma imma bei eana und schaungma zua. Wenn irgendwos is einfacha SMS schika."

„Ok, Herr Krockberger und wie lange soll ich da bleiben." Steini antwortete: „Auf koan Foi vui länger als die andern sonst foits auf. Die surfn meistens in die gleichan Gruppn. Und nowas: I bin da Steini und des is da Krocket." „Ich bin der Michael, freut mich." „Jetzt nimmst da den Rest vom Dog frei, moing muasst fit sei." Als das geklärt war, vereinbarten sie, sich am nächsten Morgen um acht zu treffen und Polizeiobermeister Huber ging nach Hause.

„So, und Krocket, was damma mir?" „Woas neda, es is hoibe zweife", antwortete Krocket. „I moan mir gemma a weng in Biergarten wos moanst?" „Steini i woas neda i muas a no um mei Auto schaung".

Da klingelt das Telefon. „Grüss Gott Herr Krockberger. Ich weiß garnicht wie ich es sagen soll, aber es ist ein kapitaler Motorschaden." „Waaaas, mein Baby ist hin?" „Ja leider und es gibt keine Ersatzmaschine mehr. Ich müsste eine aus Amerika besorgen und zwar eine Gebrauchte, aber das traue ich mich nicht wegen der Garantie. Was ich habe ist eine Kundschaft mit dem gleichen Modell, der würde Ihnen 2000Euro geben, weil sein Motor noch gut ist und er nur Karosserieprobleme hat." „Ok, dann machen wir das halt, ist ja besser als nix.

Steini fahr mi bitte ind Werkstatt, es is was schlimms bassiert." „Is ebba gsschtorbn?" „Ja mei Camaro."
Steini fuhr Krocket in die Werkstatt.
Dort gab er die Papiere und seine Schlüssel ab und bekam 2000Euro.

Jetzas fahrst mi nach Zamdorf zu dem großen Ami-Händler." „Moanst ned du soittatst...." „Na moan i neda, i wui wida an Ami-Schlittn." Sie fuhren statdauswärts über die Prinzregentenstraße auf die A94 bis zur Ausfahrt Zamdorf.

Dort sah man gleich das große Schild des Fahrzeughändlers. Steini und Krocket gingen in den Verkausraum, als auch schon eine hübsche junge Verkäuferin auf sie zukam. „Was kann ich für die Herren tun?"
Steini antwortete sofort „Da würde mkir so einiges einfallen, aber leida darf ich nicht mehr." „Mein Name ist Krockberger und mir ist heute mein Camaro kaputt gegangen. Ich suche was Neues, aber nicht zu schick und zu teuer."

„Kommen Sie mit, ich schau mal was ich an Gebrauchtwagen da hab."

„Krocket host du die Haxn gseng", flüsterte Steini.
„Jetza los mi in friedn i mog neda."

„Hö na sowas spinnst jetza?"
„Soooo schaun Sie Herr Krockberger. Ich hätte einen Charger SRT. 4 Jahre alt. 70793 km gelaufen. Scheck-

heft gepflegt und zwei Jahre Garantie aus unserem Haus. Kostet nur 16.900 Euro.

„Das ist mir ehrlich gesagt zu viel." „Moment, da ist noch einer eine Rarität 1971er V8 Big Block mit 290PS. Der ist frisch aus den USA importiert. TÜV ist drauf. Das Auto ist von uns überprüft und in einwandfreiem Zustand." „Krocket ned so a oide Kistn."

„Könnte ich den mal Probe fahren" „Natürlich ich hol den Schlüssel."

Steini stand auf und verdrehte nur noch die Augen. Kurz drauf kam die Verkäuferin zurück und bat die Herren, mit ihr in die Oldtimerhalle zu kommen. Dort stand er.

Krocket hatte nur noch große Augen und Steini schüttelte den Kopf. „Steigen Sie ruhig schon mal ein, ich hole Ihnen eine rote Nummer." Krocket öffnete die Fahrertür und stieg ein. Als er den Schüssel ins Zündschlss steckte und den Wagen anließ murmelte er nur noch: „V8 Big Block." Da kam auch schon die Verkäuferin zurück und montierte ihnen die rote Nummer.

„Ich mach Ihnen das Tor auf, Moment." „Steini jetza steig ei mir fahrma." Steini stieg widerwillig ein und sagte Krocket nochmals, dass er von dieser Idee garnichts hielt. Doch Krocket lies sich nicht weiter beirren und fuhr los.

Eine halbe Stunde später kamen sie zurück. Krocket stieg aus und ging sofort zur Verkäuferin: „Wo muss ich unterschreiben?"

„Freut mich, dass er ihnen gefällt." „Ich gebe Ihnen jetzt 2000 und morgen den Rest. Kann ich das Auto dann auch morgen schon mitnehmen?"

„Normalerweise schon. Ich rufe Sie an, wenn er fertig und angemeldet ist." Sie machten den Kaufvertrag und Krocket fuhr mit Steini entspannt in den Augustiner-Biergarten. Als sie dort ankamen war es bereits 14.00 Uhr. Nach einer Maß und Brotzeit sagte Krocket:"I muass jetza no zur Bank, Steini." „Vielleicht denkst a an meine 450 Euro, die häd i scho gern a moi zruck." „Bring i mid, wenn sei muas." Dadst mi du no and Dachauer Fahrn, dann muas i ned so weid laffa." „Freili mach i."

Sie gingen zurück zum Wagen und Steini fuhr Krocket in die Nähe seiner Bank in die Dachauer. Dann machte er sich auf den Weg nach Hause. Als er um vier dort ankam, staunten Rita und Lisa nicht schlecht. „Schatz, Du bist schon da?" „Ja, nach dem Samstags-Einsatz und den kommenden Observierungstagen, bin ich heute mal früher los." „Das freut uns sehr, nicht war Lisa?" Lisa versuchte gleich an ihrem Vater hochzuklettern. Und der nahm sie auf den Arm. „Nachdem du da bist, lauf ich nochmal schnell runter und besorg was zum Abendessen." Rita packte ihre Handtasche und einen Einkaufskorb und verschwand im Treppenhaus. Sie wollte etwas Besonderes machen, da sie sich so freute, dass ihr Mann etwas Zeit für sie gefunden hatte. Als sie zurückkam spielte Steini mit Lisa Kaufladen. „Hallo Ihr zwei." „Hi Schatzi", antwortete er. „Hallo Mami", sagte Lisa. „Und was gibt es?"
„Zur Feier des Tages hab ich uns Rinderfilet organisiert. Ich mache Tagliatelle und Gorgonzolasauce

dazu. Deinen Lieblingsrotwein habe ich auch bekommen.

„Super, das freut mich." Rita ging in die Küche, packte aus und begann gleich zu kochen. Um 18.00 Uhr aß die ganze Familie einträchtig zu Abend.
Danach brachte Steini seine kleine Tochter ins Bett.

Als er die Tür des Kinderzimmers verschloß wartete Rita bereits mit einem Glas Rotwein auf der Couch. „Prost Schatz, auf uns und unsere kleine Familie." „Prost Rita", sagte Steini. Rita stand auf schaltete Musik ein. „Hey Rita, was ist los, du willst mich noch nicht verführen?" „Vielleicht Schatz, lass dich überraschen". Rita kuschelte sich zärtlich an Steinis Schulter und began von ihrer großen Liebe zu ihm zu erzaehlen und, daß er das größte Glück sei was ihr je passiert ist.
Sie würde dieses Leben freiwillig niemals mehr hergeben und, seitdem Lisa auf der Welt wäre, wäre alles derart abgerundet, dass es besser gar nicht ginge. Steini legte zärtlich den Arm um Rita und küsste sie auf die Stirn.
„Ich liebe dich so Rita." „Ich dich auch." Sie lauschten noch etwas der Musik, als Rita sich zu ihm umdrehte und begann sein Hemd aufzuknüpfen und Steini dabei zu küssen.
Langsam fuhr sie mit ihrer Hand in seine Hose und wollte ihn zärtlich provozieren, als die Kinderzimmertür aufging und Lisa da stand: „Ich kann nicht schalfen", sagte sie verschämt.

Rita stand auf und ging zu ihr. „Mein Schatz, dann komm, Mama bringt dich wieder ins Bett." Eine Zeit lang blieb Rita bei Lisa und las ihr vor.

Dann schlief die Kleine ein.

Als sie zurück ins Wohnzimmer kam, wollte sie Steini weiter verwöhnen, doch der ruhte bereits bei den Engeln. Sie kuschelte sich zu ihm, genoß seine Nähe und lauschte der Musik.

Auch Rita musste irgendwann eingeschlafen sein, denn mitten in der Nacht erwachten beide plötzlich. Ein Gewitter zog auf und es donnerte. Erschrocken schauten sie sich beide an. In diesem Moment spürten dse, wie eng ihre Beziehung war und rissen sich die Kleider vom Leib.

Steini trug seine Liebste ins Schlafzimmer und sie wälzten sich ineinanderverschmolzen hin und her.

Dann hielt Rita inne und schlengelte sich tiefer.

Sie sah Steini mit ihren großen Augen an, während sie sich zärtlich um seine Männlichkeit kümmerte. Als er laut zu stöhnen begann, sagte Rita: „Suchs dir aus. Es wäre eine gute Zeit für ein Geschwisterchen oder genieß es einfach."

Steini überlegte einen Moment, dann drehte er sich weg, packte Rita und genoß ihre Körperwärme, während er den schönsten Ausblick auf perfekte Flanken hatte.

Nachdem beide den Höhepunkt erreicht hatten, sackten sie zusammen und schliefen ein.

Am nächsten Morgen klingelte um 6.30 Uhr der Wecker.

Steini wachte auf, während Rita tief und fest weiterschlief.

Er ging ins Bad hinüber. Als Rita aufwachte, griff sie vergebens nach ihrem Liebsten. Sie stand auf und wollte zu ihm. Vom Gang sah sie, wie er sich rasierte. Immer noch nackt lehnte sie sich an den Türrahmen und hielt ihren Zeigefiner verschmitzt an die Unterlippe. Dann sagte sie: „Na Süßer, soll ich dir nen Kaffee machen."

Steini nickte und Rita ging in die Küche. Als er angezogen war, nahm er seine Frau noch einmal in den Arm und sagte ihr: „ Die nächsten Tage weiß ich nich, wann ich heimkomme. Wir haben einen Kollegen undercover und müssen observieren, also brauchst nicht auf mich warten." „Aber Schatz, ich warte immer auf dich, jede Sekunde."

Steini trank seinen Kaffee aus, gab Rita einen Kuß und schaute nochmal zu Lisa ins Kinderzimmer.

Die Kleine schlief noch tief und fest und Steini warf ihr einen Kuß zu. Dann ging er zur Tür hinaus.

Als er ins Büro kam, erwartete ihn Krocket schon. „Servus, und?" „Servus, da Michi is scho bereit und mir kanntn los. I muas nur schaung wia i des mid meim neier Auto mach, zwecks am obhoin. Do sann deine 450 Euro, merci numoi."

„Is scho recht. Nahad backmas."

Steini und Krocket gingen hinunter in den Hof, wo Polizeimeister Huber bereits wartete. Den Neopren elegant bis zur Hüfte hinuntergezwirbelt und das Surfbrett unter dem Arm, saß er auf einem Mountainbike.

„Sooo grias die Michi, guad schaugst aus", sagte Steini. „Ja gel. Ich würde dann losfahren" „Basst scho mir san immer in deiner Nähe."

Michi radelte davon und seine Kollegen fuhren in Richtung Prinzregentenstrasse. „Steini i moan, wenn mir do an dem Museum gegenüber vom Eisbach an Parkplatz kriang, dann häd ma do an guaden Ausblick." „Koa Problem."

Sie kamen aus dem Altstadttunnel und Steini wartete nicht lange bis er den Dienstwagen in Richtung Ludwigstraße wendete. An der Eisbachbrücke vorbei war, bog er gleich rechts ab, auf den Museumsparkplatz. „Schaug do is no Oana, optimal", sagte Krocket.

Steini parkte den Wagen quasi parallel zum Eisbach, nahm dann sein Fernglas heraus und suchte Polizeiobermeister Huber. „Schaaug do isssa", sagte er.

„Dua her den Zurrizarrer." Krocket lehnte sich über seinen Kollegen und schaute ins Fernglas.

Man sah, wie Michi im Neopren, die Beine im Wasser baumeln ließ. Sein Surfbrett lag neben ihm. „Guad, dass mir gesting a Gwitter ghabt ham, die kemman heid gwiss bei dera Wäin."

„Des moan i a", sagte Steini und nahm sich das Fernglas wieder. Nach einer halben Stunde tummelten sich bereits einige Surfer in der Welle. Ein junges Mädchen setzte sich zu Michi. „Hi, du bist neu hier oder." „Ja, ich würd das gerne lernen und trau mich nicht." „Ich bin die Sandra", sagte sie. „Ich bin der Michi", begrüßte er sie. „Also Michi, dann machen wir das so. Ich spring mit meinem Brett ins Wasser und du legst dich erstmal auf dein Brett.

Die Springerei, die die anderen da machen, um in die Welle zu kommen, kannst Du eh erstmal vergessen. Wenn ich in der Welle bin und mich halten kann, dann paddelst du an mich heran, ich zieh dich mit deinem Brett in die Welle und du kannst im Liegen versuchen, ein Gefühl zu bekommen wie sie dich trägt.

Sie machten fünf Versuche und waren bereits da schon völlig fertig. Außer Atem saßen die beiden wieder am Ufer.

„Sorry Michi, irgendwie war das nicht die beste Idee von mir. Wir sollten uns ein Seil besorgen, das ich dir von der Brücke aus zuwerfe.

Dann kannst du dich daran festhalten und in die Welle ziehen lassen. Das geht vielleicht besser." „Gute Idee Sandra. Alles was hilft ist gut." „Jetzt müssen wir eh hier weg. Die Profis kommen. Die brauchen ihre Trainingszeit. Aber wenn du willst, können wir ihnen von der Brücke aus noch ein bisschen zuschauen."

„Gern." Sie packten ihre Utensilien und gingen hinauf zur Brücke und schauten den Profis eine Weile zu. Die beiden Kollegen beobachteten alles aus sicherer Entfernung.

„Schau das ist der Sebastian, einer von den besten", sagte Sandra. „Wahsinn, der springt ja quasi vom Ufer mit dem Brett fast direkt in die Welle", staunte Michi. „Ja das ist der kürzeste Weg." Hat der schonmal an einem Wettkampf teilgenommen?" „Ja, hat aber nicht so gut abgeschnitten. Macht das auch nur als Hobby. Der Surfer der hier vor ein paar Tagen

umgekommen ist, der war klasse. Hätte Weltmeister werden können." „Und hatte der Konkurenz?"
„Hier in München?" „Ja." „Ich bin mir nicht sicher. Ich glaube, der einzige den er hätte ernst nehmen müssen war der Richie.
Der ist aber heute noch nicht da. Du ich muss jetzt zur Uni. Sehen wir uns?" „Ähm ja gerne, eh morgen Früh, oder? ich bring ein Seil mit und wenn du Lust hast können wir heute Nachmittag ein Eis essen oder einen Kaffee trinken." „Super Idee Michi, das würde mich freuen. Um drei am Uni-Café?" „Ja, gern." Sie drehte sich um und stieg mit dem Sufbrett auf ihr Fahrrad. Dabei drehte sie sich noch einmal kurz um und warf Michi ein Lächeln zu. Er lächelte zurück und schickte Krocket und Steini eine SMS. „Fahre jetzt ins Präsidium, Treffen dort." Danach steckte er sein Handy in den Neopren und fuhr los.

Steini und Krocket sahen ihn davon fahren als das Handy das SMS-Empfangssignal gab. „Ok, fahrma. Er wui uns im Präsidium treffa", sagte Krocket. Steini startete den Wagen und sie fuhren ebenfalls zurück ins Präsidium.
Im Büro eingetroffen, zog sich Michi gerade um. „Und Michi, wie wars?", fragte Steini. „Also, bis jetzt konnte ich nichts Besonderes feststellen. Als wir heute abbrechen mussten kamen die Profis. Sandra", Krocket unterbrach ihn, „Sandra, soso" und grinste. „Ja Sandra", führte Michi weiter aus, „hat mir erzählt, dass der ernsteste Kokurrent unseres Opfers, ein gewisser Richie, heute nicht da wäre. Wir haben uns für heute Nachmittag im Uni-Café verabredet und

morgen Früh bekomme ich eine weitere Lektion im „Ins-Wasser-Fallen und Rauskriechen."

Scheiße war das anstrengend." „Supa Arbeit", sagte Krocket. „Wann driffst die mit dera?" „Um drei." „Ok, jetza is 11.15 Uhr, da hamma no a bisserl Zeit. „Oiso i dad vorschlong, mir zwoa Krocket, setzma uns a bisserl friara ins Café und beobachtma an Michi und die junge Dame." „Guade Idee", sagte Krocket, wobei ihm siedendheiß einfiel, er müsse Anna Bescheid geben, damit die nicht auf die Idee käme, ihn als Polizisten zu erkennen zu geben. „Und Michi wos moanst Du?" „Ich finde es total spannend. Außerdem ist die Sandra eine ganz Hübsche." „Ah gä, schmink da des ob Michi. Des is vielleicht a wichtige Zeigin, do gäd nix." „Jaaaaa is schon klar."

Krocket schaute bei diesem Satz eher weghörend in den Boden so als wäre er am liebsten im Gleichen versunken. „Ja dann merci Michi", sagte Steini. Michi ging hinaus und begab sich in sein Büro. „So Steini und was machma mir?" „Jetza gämma ind Kantine, wos essn?" „Guad machma." In der Kantine angekommen stellten sie sich gleich an. „Schaug heid gibt's Hundefutter, Tapetenkleister und Fensterdichtungen.", frotzelte Krocket. „Was derfsn sei", fragte die Köchin. „Mei, zwoamoi an Leberkas mit Brezn und Senf", sagte Steini. Als sie bezahlt hatten gingen sie zu einem sechser -Tisch, der noch leer war und setzten sich. Krocket brach ein Stück von der Breze ab und steckte dieses in den Senf. Nachdem er abgebissen hatte, schnitt er den Leberkäse in Streifen und begann zu Essen. Steini tat ihm gleich. „Grias ech", „Ah der Stangl, setz di hera" „Ois Paletti?", fagte Krocket. „Jo gäd so weit", antwortete Stangl, während er sich neben Krocket setzte.

„Und bei eich, gibt's wos Neis?" Sie erzählten ihm von der neuen Spur, die sie gefunden hatten und dem Undercover-Einsatz von Polizeiobermeister Huber. „Denkts dran", sagte Stangl. „Euer nächster Verdächtiger muas Linkshänder sei." „Supa Stangl, do hob i garnimma dro denkt."

Als Hauptkommissar Stangl den ersten Bissen des „Hundefutters" nahm, wie Krocket es nannte, spukte er dieses sofort wieder aus und Krocket sagte. „Segst Steini, da Leberkas is as sicherste." Der lachte laut. Nach dem Essen, Stangl verzichtete vorsichtshalber auf seine Mittagsverpflegung, standen sie auf und wollten zurück in ihr Büro. „Oiso pfiadde Stangl." „Pfiad eich, und fui Erfoig weida." „Ja Merci", warf ihm Krocket beim Hinausgehen noch zu.

Um 14.00 Uhr machten sie sich auf den Weg ins Uni-Café. Krocket schrieb noch schnell eine SMS an Anna: „Anna, wir ermitteln heute im Café, lass dir nix anmerken, Bussi." Anna antwortete sofort: „Kein Problem, sehen wir uns heute noch?" Krocket antwortete nochmal. „Ich weiß es noch nicht. Ich melde mich aber." Als er das Handy gerade einstecken wollte, summte es schon wieder. „Ok, Liebster ich bin immer für dich da, wann immer du mich brauchst." Krocket vermied eine weitere Antwort um nicht in ein ewiges Ge-SMSe zu geraten. „Wer schreibtn Krocket." „Ah Koana, ned wichtig." „So, ned wichtig, hod eher koane gschribm oder?" „Na so a Werbezeig hoid." „A und da duast du immer glei antwordn?"

„Jetza los mi hoid" „Jetza sog scho, host a neie",
bohrte Steini weiter nach, während dem er in die
Ludwigstraße einbog.
„Jaaaa und jetzta gib a Rua." „Wer issn? Briggs?",
Steini lachte. „Na doch ned die Oide. I sogs da, wenn
der Foi obgschlossn is, ok?"
„Ah hods midm Foi zum dua?" „I konn neda Steini."
„Is die Anna, Krocket, sog?" Krocket schwieg. „Oiso
isses!" „Aber hoid blos dei Mei", runzte Krocket Steini
an.
„Du woast wos i dovo hoid, aber du bis oid gnua und
scharf is des Madl ja ohne Ende." „Des derfstma
glaum und sie verstäd mi und lasstma mei Freiheid."
„Do bin i gspannt, des host beim letzten Moi a gsogt
und dann hods doch glatte drei Wochan ghoidn." „Ja,
aber desmoi hob i a anders Gfui, verstäst." „Krocket,
du bist ja richdig verliabt." „Ja, unds is soo sche."
Steini hielt in Höhe des Siegestores an und parkte
rückwärts ein.
Sie stiegen aus und gingen zurück Richtung Uni-Café,
als Krockets Handy läutete. „Amerkinana-Autohaus
Zamdorf, Ihr Fahrzeug wäre fertig." „Super, ich kann
aber heute nicht vor 18.00 Uhr, ansonsten muss ich
mich morgen nochmal melden." „Ist in Ordnung Herr
Krockberger, kein Problem. Wir sind bis 19.00 Uhr da
und morgen passt es auch.

Als sie das Cafe betraten, schaute Steini Anna sehr
aufmerksam an und sie lächelte. „Hübsch is di Krocket, des host du garneda verdient." Anna kam zu
ihnen an den Tisch und flüsterte Krocket ins Ohr:
„Hallo Liebster, ich vermisse dich schon.

Das Wochenende war so toll mit dir." Krocket drehte sich zu ihr rum und flüsterte: „Das freut mich und lass dir nichts anmerken." „Nein, ich pass schon auf." „Zwei Weißbier bitte", sagte er dann demonstrativ und Anna ging zur Theke. „Ein schöner Arsch, Krocket." „Du gä bass auf dasd deine Aung ned verblitzt." „I hob doch mei Rita und mir san so glicklich. A zwoats Kind mengma woast. A Familie, wiris ma immer gwinscht hob." „Zwoa Kinder", entgegnete Krocket, „Des is a grousse Verantwortung." „Ja Krocket, aber es is a a Zeichen unserer Liab." „Gfreid mi wennsd glicklich bis oida Freind."

Michi und Sandra kamen herein und setzten sich an einen Nebentisch. „Was magst denn du Michi?" Michi sah zu den Kollegen hinüber bekam einen Durst auf Weissbier. „Du ich mag ein Weißbier und Du?" „Ich nehm einen Cappucino." Anna kam zu ihnen und fragte:"Was darf ich euch bringen?" „Wir nehmen ein Weißbier und einen Cappucino", antwortete Michi. Kurz drauf brachte Anna den beiden Beobachtern ihre Weißbiere. „Bitteschön." Krocket zog sie erneut zu sich hinunter und flüsterte: „Das da drüben ist ein Kollege von uns, nur dass du es weißt." „Ok, Schatzi." Als Anna Michi und Sandra ihre Getränke hinstellte, machten Sie eine interessante Entdeckung. Sandra nahm die Tasse mit der linken Hand.
„Krocket, die is Linkshänderin." „Gä Steini moanst du, so a zärtlichs Madl konn oan wia den Wiedmann umbringa?"

„I moan ja nur, weils da Stangl extra numoi gsogt hod und sie is Linkshänderin." Am Nebentisch unterhielten sich die zwei bereits.

„Und Michi, was treiibst du so wenn du nicht gerade Surfen lernst?" „Ich bin Spezialist in Rechtsfragen" antwortete er. „Für eine Unternehmensberatung." „Das ist ja toll. Ich studiere noch Wirtschaftspsychologie. Ich möchte auch einmal zu einer Unternehmensberatung." „Kennst du viele Leute in München?", fragte Michi. „Naja, an der Uni und am Eisbach kenne ich einige, aber viele der Beziehungen sind einfach oberflächlich.

Viel weiß ich über die Leute nicht." Nachdem sie zwei Stunden geplaudert hatten, fragte Sandra „Und, Michi, was machst heute Abend?" „Ich weiß noch nicht, vielleicht geh ich ins Kino?" „Komm doch zu mir auf eine Party. Wir treffen uns alle in der Stundenten-WG in der Winzerer Straße 3. Einfach bei Sandra, Uschi und Babsy klingeln." „Toll, ich bin dabei." „So gegen acht." „Ok, ich werde da sein." Sandra winkte Anna zu, die kam zum Tisch und Sandra sagte nur: „Zahlen bitte." Anna kassierte und die zwei verließen das Café und trennten sich. Sandra wollte Richtung Winzerer Strasse und Michi Richtung Präsidium. Er sendete Krocket gleich eine SMS: „Treffen im Präsidium." Krocket und Steini standen auf und gaben Anna schnell 10 Euro. „Stimmt so, ciao" sagte Krocket und ging mit Steini hinaus. Sie trafen Michi im Büro: „Und, woast wos Neis, mir ham nur wos vonna Party verstandn", fragte Steini.

„Ja da ist heute Abend eine Party in der WG in der die Sandra wohnt. Ich bin eingeladen, Winzerer 3 so um acht." „Ok Michi, hods sonst no wos gwusst?" „Nein wir haben nur über dies und das gesprochen." Bevor Michi gehen konnte, gab ihm Steini noch einen Rat mit auf den Weg: „Sei vorsichtig, mir wissma das der Mörder Linkshänder is und die Sandra is Linkshänder."

„Steini, das kann ich mir nicht vorstellen, aber ich werde natürlich aufpassen."

Es war 18.30 Uhr und Krocket dachte daran, er könne sein neues Auto noch holen. „Gä Steini fahr mi schnei nach Zamdorf aussi. I hoi mei Auto." „S'pressiert, es is fei scho 18.30 Uhr." „Bis simme sans do." „Oiso auf gehts." Sie fuhren so schnell wie sie konnten nach Zamdorf. Dort angekommen, lief Krocket hinein. Die Verkäuferin packte gerade ihre Tasche.

„Hallo Herr Krockberger, jetzt haben Sie es ja doch noch geschafft. Wartens, dann mach ich Ihnen alles fertig und Sie können los. Die Verkäuferin suchte alles zusammen und Krocket unterschrieb drei Mal. Dann gab er ihr den Restbetrag und bekam die Schlüssel. Sie gingen in den Auslieferungsraum und Krocket sah sein neues Baby. „Geil, so geil, Boah." Er kam aus dem Staunen nicht mehr raus. Er stieg ein und ließ den Motor an. Es blubberte auf eine extrem beruhigende Weise. Die Verkäuferin setzte sich kurz zu ihm und sagte: „Wenn Sie mal einsam sind, dann begleite ich Sie gerne auf einer Spritztour." Dann gab sie ihm ihre Visitenkarte und stieg wieder aus.

Krocket war einen kurzen Moment versucht die Gelegenheit gleich beim Schopfe zu packen, konnte den Gedanken in seiner ehrlichen Liebe zu Anna aber sofort verwerfen.

„Danke, werde dran denken."

Krocket schloss die Tür und das Tor vor ihm ging hoch. Wie eine elegante Katze schob der Big Block den Challenger auf die Strasse. Krocket fuhr wieder Richtung Innenstadt und Steini folgte ihm. Sein Handy läutete: „Krocket, fahrma glei ind Winzerer, sonst gäd uns Zeit aus." „Ok mir seng uns dortn." Krocket trat aufs Gas und freute sich über dieses neue edle Gefährt. Kurz drauf kamen beide in der Winzerer Strasse an und er hatte Glück, sofort einen Parkplatz genau gegenüber dem Hauseingang zu bekommen. Steini setzte sich zu ihm. „Host dein Zurrizarra dabei?" „Jo freili." Sie warteten. Um kurz nach acht kam Michi. Da er Krockets neuen Wagen nicht kannte, konnte er seine Kollegen nicht entdeken. Er dachte sich: „Naja, die werden schon irgendwo sein." Krocket schrieb ihm eine SMS: „Servus Michi, ois kloar mir sand do." Michi läutete bei der WG. Als er die Treppe hinaufging erhielt er Krockets SMS.

Erleichterung überkam ihn, Gott sei Dank, ich bin nicht alleine, dachte er sich. Die Wohnung im zweiten Stock stand schon offen und von drinnen war laute Musik zu hören. Er ging hinein und es kam ihm eine etwas korpulente kleine Rotharige entgegen. „Hi, wer bistn du?" „Ich bin der Michi" „Ich bin die Uschi und wer hat dich eingeladen." „Die Sandra."

„Saaandraaa", krächzte sie ins Wohzimmer. Sandra kam zu ihnen. „Hi Michi, schön das du da bist", sagte sie, während sie ihn distanziert in den Arm nahm und er sie zärtlich auf beide Wangen küsste. „Geh schon mal ins Wohnzimmer, ich komme gleich." Uschi sagte zu Sandra: „Wer ist denn das, der ist ja total süß." „Den kenne ich vom Surfen, lass blos deine Finger von ihm. Der gehört mir!" „Is ja gut, wenn mir schon mal einer gefällt", murmelte das Pummelchen und ging auch zurück ins Wohnzimmer.

Dort wartete noch die Dritte im Bunde. „Babsi das ist der Michi, Michi das ist die Babsi, meine zweite Mitbewohnerin." Babsi stand auf und gab Michi die Hand. Sie gehörte zum Leichtathletik-Team der Uni und studierte Sport. Aufgrund ihres muskulösen Körpers sah man sofort, dass sie wohl Speerwerfen oder Kugelstoßen würde, jedenfalls ließ sie Michis Hand nicht mehr los, bis Sandra dazwischen funkte. „Babsi loslassen, es gibt Druckstellen." „Männo, warum kriegst Du immer alle ab." Im Moment, als sie das sagte, wurde es Michi komisch. Er nahm Sandra auf die Seite und fragte sie leise: „Was sind denn das für welche, Nymphomaninnen?" „Nein", sagte Sandra, „Die suchen nur beide einen Freund und ich kenne nunmal die ganzen Surfer, die alle sehr süß sind. Sie hoffen heute auf der Party einen abzubekommen und ich hoffe, sie vergraulen nicht gleich alle. Aus dem Wohnzimmer rief es schon:

„Michiiiii ich hab dir schon ein Bier aufgemacht." Oh Mann, dachte er sich, das könne ja heiter werden, als ein weiterer Gast kam. Babsi stand da, lächelte ihn an und streckte ihm die geöffnete Flasche Bier entgegen.

Dabei betonte sie ihre gewaltigen muskulösen Rundungen. Michi bekam Angst. Er musste sofort an Nussknacker denken.

Die kleine Rote stürmte sofort auf den neuen Gast zu: „Hi, ich bin die Uschi." Richie ging einfach weiter und ließ sie stehen. Sie sah ziemlich verloren aus wie sie da mit ausgestreckten Armen im Gang stand. Im Wohzimmer ging er gleich auf Michi zu und machte nur eine coole Bewegung:

„Servus, schon lang da?" „Nein ich bin auch erst vor ein paar Minuten gekommen." Sandra kam herein und begrüßte Richie herzlich. „Hallo Richie, schön, daß du da bist." „Servus, wer ist denn die Vogelscheuche neben der Babsi?" „Das ist meine zweite Mitbewohnerin, die Uschi."

Babsi stand auf und ging auf Richie zu. Der trat einen Schritt zurück und machte erneut nur eine zaghafte Handbewegung, als wollte er sein Gesicht vor allzu großen Lippen schützen: „Servus Babsi", sagte er nur kurz. Babsi nahm ihn trotzdem in den Arm und drückte ihm schmatzend einen Kuß auf die Wange und sagte dann: „Richie warte ich geb dir ein Bier." Michi drehte sich kurz weg und SMSte an Krocket: „Der Typ der Richie heißt ist hier. Mehr weiß ich noch nicht." Krocket antwortete: „Ok, wir warten." Mittlerweile waren viele weitere Gäste gekommen- junge hübsche Frauen und sportliche Jungs. Alle standen im Wohnzimmer rum, tranken Cocktails und Bier und unterhielten sich.

Michi stellte sich hier und da dazu und lauschte.

Zu vorgerückter Stunde legte Sandra einen Schieber (Hosendiarlwetzer) auf und schappte sich Michi. „Na komm tanz mit mir." Eng umschlungen genossen sie ihren eigenen Moment der Ruhe. Sandra vergaß alles um sich herum, nur Michi versuchte weiter zu hören was die anderen erzählten.

„Sei nicht so nervös Michi, es wird alles gut", sagte Sandra und strich ihm zärtlich über den Hinterkopf. Da kam Babsi auf sie zu und krempelte sich die Ärmel hoch.

„Abklatschn ich bin dran." Sandra klatschte nur ungern ab, aber es gehörte sich nunmal so.

Babsi griff zu und sagte zu Michi. „Was willst du denn mit der Kleinen dünnen. Du brauchst doch sowas wie mich. Komm nimm mich jetzt. Michi, der einigermaßen verduzt war, sagte: „Sorry Babsi, aber du bist ne Nummer zu groß für mich."

Babsi ließ ihn los und dackelte traurig von dannen. Sandra tanzte mittlerweile mit Richie, als Sebastian der andere Surfer von heute Morgen hereinkam:

„Richie, lass sie los. Sie gehört mir." Er stürmte auf die beiden zu und holte aus.

In dem Moment stand schon Babsi da und fing seinen Schlag mit einem Griff ab: „Sebastian ich habs dir schon gesagt, Sandra will dich nicht mehr sehen. Klar? Und jetzt verpiß dich."

Nachdem Babsi ihre Hdraulik wieder öffnete, rannte Sebastian hinaus. Michi schrieb Krocket erneut eine SMS: „Der eine Surfer von heute Morgen ist sehr eifersüchtig. Er kommt grad runter, behaltet ihn im Auge." „Schnei Steini gib ma dei Handy."

Steini gab Krocket sein Handy, welches eine Kamera hatte und Krocket machte ein Bild vom herauslaufenden jungen Mann. „Kaf da hoid a amoi a gscheids Handy, Krocket." „Du i muas nur smsn und telefoniern, mehra brach i ned." Oben kam die Party immer mehr in die Gänge.

Mehr oder weniger waren alle angetrunken.

Michi hatte extrem damit zu tun, seine Getränke in den Blumen verschwinden zu lassen. Als er sich weiter umhörte bekam er mit, wie Richie Sandra erzählte, daß er seit dem Tod von Paul gute Chancen auf den Titel habe und dann einen Profivertrag bekäme. Michi SMSste sofort wieder: „Richie ist der Kokurrent vom Opfer gewesen, hätte ein Motiv." Er beobachtete ihn weiter und sah, daß der Surfstar alles mit links machte. Als Krocket die nächste SMS bekam in der nur noch stand: „Er ist Linkshänder", stiegen die beiden Beamten aus dem Auto, gingen zur Tür und läuteten.

Kurz drauf summte es und sie rannten die Treppe hinauf. Als sie in die Wohnung kamen, holten beide ihre Ausweise aus der Tasche und Steini sagte: „Polizei, wer von Ihnen heisst Richie", während Krocket die Musik ausmachte. „Ich bin der Richie, was liegt an?" „Sie sind voläufig festgenommen, wegen dem Verdacht Paul Wiedmann ermordet zu haben." Die meisten der Anwesenden lachten. Krocket fragte in die Runde: „Was ist daran bitte so lustig?" Sandra kam rüber und sagte zu ihnen: „Der Richi, der war dem Paul sein bester Freund, dass mit dem Verdacht ist eher unwahrscheinlich."

„Trotzdem", sagte Steini, „Sie müssen mitkommen."
Sie führten Richie ab. Als sie zum Wagen kamen, sagte er: „Geile Karre Alter." Krocket grinste, das ging
runter wie Öl. Er öffnete die Tür und ließ Richie hinten einsteigen. Bevor sie losfuhren schrieb er Michi
noch eine SMS: „Mir fahrma ins Präsi zur Vernehmung. Sehen uns morgen Früh. Bass weida auf was
sonst no verzeid werd." Michi antwortete: „Ok, dann
bin ich auf mich alleine gestellt, oder?" Krocket antwortete nochmal „Ja." Dann fuhren sie los.

Einigermaßen erschrocken, verließen einige der Gäste die Party. Sandra sagte zu Michi: „Du bleibst doch
noch, oder?" „Gerne", antwortete Michi, „aber was
war denn da los, ich versteh das nicht?"
„Sebastian war mal mit mir zusammen. Nachdem ich
Schluß gemacht hatte, bin ich meistens mit Paul und
Richie rumgezogen. Das hat ihn rasend eifersüchtig
gemacht, dabei hatte ich nie was mit den beiden anderen. Michi nahm sich noch ein Bier und fragte
Sandra: „Meinst Morgen kommen noch andere Surfer?"
„Ich glaub schon, heute waren eh nicht viele am
Bach. Denk nur bitte an dein Seil." Als Michi den ersten Schluck nahm, flüsterte Sandra ihm ins Ohr: „Bitte bleib heute Nacht hier."
Michi blieb das Bier im Hals stecken und er hatte
große Probleme nicht alles rauszuprusten.
„Sandra, ich weiß nicht. Wir kennen uns doch gerade
erst." „Nutz die Gelegenheit, so großzügig bin ich
sonst nie mit meinen Gefühlen."

„Ok, Sandra, aber ich glaub wir sollten erst noch Babsi und Uschi ins Bett bringen." Unbemerkt des ganzen Theaters tanzten Babsi und Uschi Schieber. Die große Kugelstoßerin und das kleine Pummelchen mit dem roten Haaren. Ein lustiges Bild. Uschi ging Babsi nur bis zum Busen und hing wie ein Baby mit ihrem Kopf zwischen ihrem Vorbau, während die mit ihrem Kopf auf Uschis kopf lag.

Michi und Sandra gingen zu ihnen rüber. Sie nahmen jeweils eine an die Hand und dann sagte Sandra: „Wir bringen euch ins Bett, schlaft euren Rausch aus."

Alle vier dackelten in Uschis Zimmer und ließen die beiden aufs Bett fallen. Dann schlossen sie die Tür und verschwanden in Sandras Schlafzimmer. Sie schaltete leise Musik ein und begann dazu zu tanzen. „Setz dich Michi und genieß es." Wie eine Stripperin zog sie Kleidungsstück für Kleidungsstück aus. Und dann passierte es. Michi traute seinen Augen nicht. Warum musste ihm das passieren? Was er da sah warf ihn zurück in die Vergangenheit. Der Problembär war wieder da und hatte Beine wie ein Reh. Oh Gott, dachte er sich nur, wie komm ich denn hier raus.

Als sich Sandra auf seinen Schoß setzte und ihm sein T-Shirt auszog, wusste er, dass er keine Chance hatte. Sie küsste ihn und warf ihn Rücklings aufs Bett, dann öffnete sie seine Hose. „Hmmm Michi, du hast ja einen Kojak. Das mag ich sehr gerne, magst du das auch lieber?" „Michi zögerte ein wenig: „Ja, das mag ich auch lieber." „Dann komm, wir gehen ins Bad und du machst mich schön." Sandra ging zur Tür und machte einen Spalt auf, um zu schauen, ob sie jemand sehen könnte.

Als die Luft rein war, nahm sie Michi an die Hand und die beiden huschten ins Badezimmer. Sandra schaltete die Dusche ein und winkte Michi mit dem Zeigefinger hinein. Sie seiften sich gegenseitig ein und rieben sich aneinander. Dann gab sie Michi ihren Rasierer und so zärtlich er nur konnte und genauso vorsichtig, schaffte er sich alle Blockaden vom Hals und liebkoste Sandra gleichzeitig. Als das kleine Mäuschen wieder seine Lippen spitzte, trockneten sie sich gegenseitig ab und huschten wieder ins Schlafzimmer. Die Nacht war wunderbar, beide sehnten sich schon lange nach einem neuen Partner und es schien, als ob sie sich gefunden hätten. Michi plagte trotzdem das schlechte Gewissen gegenüber seinen Kollegen. Schließlich hatte er ja versprochen, nichts mit der Zeugin anzufangen. Gleichzeitig hatte er gegenüber Sandra Gewissensbisse, da er sie ja quasi auspionierte und seine Aktion ihm nun nicht mehr ganz fair schien. Doch auffliegen wollte er nicht und spielte seine Rolle mehr als echt weiter.

Am nächsten Morgen um 7.30 Uhr trafen sich alle im Präsidium. Zuvor hatte Steini noch seinen Wagen aus der Winzerer Straße geholt, wo er ihn gestern abgestellt hatte.

„Michi, host nowos aussabrocht?" „Also der Typ, den ihr fotografiert habt, ist der Exfreund von Sandra und der war tierisch eifersüchtig auf den Paul und den Richie, weil die Sandra nach ihm immer mit denen zusammen war.

Hat das Verhör vom Richie was ergeben?" „Na, Alibi vom Richie Blumberger is einwandfrei."

Krocket verschränkte die Arme: „I schlog vor dass du wiader zum Surfn gähst und mir schaung ob der Sebastian kimt. Wenn ja, dann observiern man, wenn ned muast unbedingt den ganzen Nom und die Adress rausfindn Michi." „Ok so machmas", waren sich alle einig.

Michi ging hinunter zu den Polizeitauchern und besorgte sich das benötigte Seil. Dann machte er sich wieder auf den Weg zum Eisbach. Dort angekommen wartete Sandra schon. „Hey Michi", begrüßte sie ihn, während sie auf ihn zukam. Sie nahm ihn zärtlich in den Arm und küsste ihn: „Danke für die tolle Nacht." Michi zeigte ihr das Seil, sie nahm es und ging damit zur Brücke hinauf. „Wir haben nicht so viel Zeit. Die anderen kommen auch bald." Sandra schmiss ein Seilende in den Eisbach, der dieses bis in die Welle zog.

„Los Michi, auf geht's." Michi legte sich auf sein Brett und padelte langsam in Richtung Welle. Dort ergriff er das Seil und zog sich tief in den Schwell.

Plötzlich merkte er wie das Surfbrett zu gleiten begann. Es war ein erhebendes Gefühl und dann rief Sandra.

„Halt dich am Seil fest und steh auf. Er kniete sich auf das Brett, immer noch das Seil in der Hand. Dann stellte er einen Fuß nach vorne, wie ein Leichtathlet beim Start. Jetzt kam der Moment der klappen musste. Das Brett züngelte immer noch in der Welle. In einem Zug stand er auf und balancierte das Brett aus. Er stand.

Dann sah er plötzlich wie Sebastian auf der Brücke Anna das Seil wegnahm und mit einem Messer abschnitt. „OOOOOOOOOO", konnte Michi nur noch sagen und knallte im selben Moment in den eiskalten Bach.

Die Strömung trieb ihn sofort zurück bis an die Stelle, wo auch das Opfer gefunden wurde. Zum Glück war ihm nichts passiert und er konnte unverletzt aus dem Eisbach klettern. Er lief schnell zurück, um Sandra zu helfen. Die saß an einem Baum unweit der Welle und weinte. „Sandra was ist los?" „Gott sei Dank, dir ist nichts passiert. Dieser Sebastian, der bringt mich noch um." „Keine Angst Sandra, um den kümmern sich meine Kollegen."

In diesem Moment hielt Michi inne.

Er hatte sich verraten. „Wieso Kollegen, wer bist du Michi?" „Ich bin Polizeiobermeister Michael Huber und ermittle wegen des Mordes an Paul Wiedmann. Ich sollte herausfinden ob es ein Motiv in der Surferszene gab." „Und da hast du mich schamlos ausgehorcht und ausgenutzt? Ich hab mir auch noch Sorgen um dich gemacht und dich meinen Freunden vorgestellt." Sandra stand auf und rannte davon. Michi folgte ihr. „Sandra bleib stehen, ich konnte doch nicht wissen, dass ich mich in dich verliebe, jetzt warte, ich mach alles wieder gut." Sandra schrie wie am Spieß: „Wie blöd bin ich eigentlich, fall auf so einen Bullen rein."

Michi hatte sie endlich eingeholt und zwang sie in seine Arme. „Jetzt beruhig dich doch." „Ich will mich aber nicht beruhigen." Sie drehte sich um und hämmerte mit beiden Fäusten auf seine Brust.

„Es tut mir leid Sandra." „Und jetzt verschwindest du zu deinem nächsten Fall und ich stehe da mit meinen Gefühlen und kann mir aufs Maul hauen, oder?" „Nein Sandra, ich möchte mit dir zusammen sein, hör mir doch zu." Sandra beruhigte sich. „Echt?" „Ja echt." Sie nahmen sich in die Arme und küssten sich zärtlich.

Als sie zurückkamen zur Welle kamen, war schon jede Menge los und Sandra sagte: „Naja, gestanden bist D du, das war klasse, ich bin stolz auf dich." Michis Handy summte. „Sie haben Sebastian. Er wird auf dem Präsidium verhört. Ich muss da auch hin. Macht es dir was aus, wenn wir uns erst heute Abend wiedersehen können? „Nein Michi, lass uns telefonieren. Ich will dich unbedingt so schnell wie möglich wiedersehen."

Michi stieg auf sein Rad und fuhr davon, während Sandra noch einen Moment verharrte. Als er zum Verhör dazu kam hatte Krocket gerade angefangen: „Anwesend sind Herr Sebastian Rinderer, die Hauptkommissare Krockberger und Steininger in Sachen des Mordes an Paul Wiedmann, Aktenzeichen AKQ123432. Er hatte den Satz kaum ausgesprochen, da packte Michi den Verdächtigen am Kragen, zog ihn vom Stuhl und schlug ihn gegen die Wand: „Ich hätte heute draufgehen können. Wenn du Sandra nicht endgültig in Ruhe lässt, bin ich dein Schicksal", schrie er ihn mit düsterer Stimme an.

Steini und Krocket versuchten die beiden zu trennen. Sie hatte, große Mühe damit, Michi zu beruhigen. „Jetzt herst auf wos hostn?", sagte Steini.

Michi ließ Sebastian los, der sich wieder setzte. „Als ich heute Morgen mit Sandra am Eisbach war und wir das surfen übten, überfiel er Sandra, schnitt mein Halteseil durch und ich fiel vom Brett und wurde vom Bach mitgerissen. Dann bedrohte er Sandra. Als ich aus dem Wasser war und ihr helfen wollte, lief er davon." „So Herr Rinderer, dann haben wir also noch Mordversuch an einem Polkizeibeamten und Körperverletzung", sagte Krocket.

Der Verdächtige wurde blaß. „Das war doch nicht so gemeint und irgendwie ist es alles schief gegangen. Ich wollte das doch so nicht." „Sie hatten eine Beziehung zu Sandra?", Steini begann mit dem Verhör. „Ja, wir waren zwei Jahre zusammen." „Wer hat die Beziehung beendet?"

„Sie." „Warum?", fragte nun Krocket.

„Sie hatte die Schnauze voll von meiner Eifersucht. Ich würde sie erdrücken und so." „Scheinbar hatte sie da nicht ganz unrecht", merkte Michi an.

„Wie war Sandras Beziehung zum Toten und Richie Blumberger?" „Die hingen dauernd zusammen. Wahrscheinlich hat sie mit beiden rumgevögelt." Michi meldete sich zu Wort: „Da muss ich Sie enttäuschen. Sie waren nur befreundet. Paul und Richie haben nur gemeisam mit Sandra gesurft. Ihre Eifersucht war also völlig unbegründet." „Das ist mir egal, ständig hing die mit diesen Typen rum und ich war eiskalt observiert."

„Wo sind Sie am 22.7. um 6 Uhr früh gewesen?" fragte Steini. „Ich war im Bett, wo sonst. So früh surfte nur einer." „Kann das jemand bestätigen?" „Nein, ich war allein."

„Wie war Ihre Beziehung zum Paul Wiedmann?"

„Wie ich noch mit Sandra zusammen war, ganz gut. Wir haben öfter am Wochenende gemeinsame Touren gemacht. Also geschaut, wo sich Wellen in Flüssen aufbauen, nach einem Gewitter zum Beispiel, und haben dann dort gesurft. Alles war ganz cool, bis Sandra mit mir Schluß machte."

„Und danach, wie war Ihre Beziehung dann?"

„Ich konnte den Typen nicht mehr sehen. Ständig Sandra vorne, Sandra hinten, und dann noch sein Kumpel Richie, der auch mitmischte. Es war widerlich."

„Sie hatten also ein echtes Motiv, Paul Wiedmann loszuwerden?" fragte Michi. „Ich bin nicht traurig, dass er weg ist, aber den Tod wünsche ich niemanden und umgebracht habe ich ihn auch nicht."

Steini übernahm wieder: „Wie ist denn Ihr Tag am 22.7. abgelaufen?"

„Ich bin so gegen 8.30 Uhr aufgestanden. Dann habe ich gefrühstückt und bin in die Uni gefahren."

„Haben Sie auf dem Weg jemanden getroffen?" „Im Hausflur kam mir ein Nachbar entgegen, der gerade seinen Müll hinunter getragen hatte." „Von Ihrer Wohnung zum Eisbach sind es gerade mal 10 Minuten. Sie hätten also ganz leicht vor halb neun wieder zurück sein können. Das hilft uns nicht weiter, denken Sie nochmal genau nach."

„Ich weiß nichts mehr, ich weiß nur, ich hab ihn nicht umgebracht. Moment, da war doch noch eine Kleinigkeit. Ich musste mal so um kurz nach sechs. Da habe ich aus der Wohnung nebenan gehört, wie die Nachbarin zu Ihrem Mann sagte: „Und bring auf deinem Heimweg bitte noch Getränke mit. Cola, Limo und so, du weisst schon." „Ok, wir müssen das überprüfen. Bis dahin bleiben Sie hier." „Michi du konst den Herrn in unser Grand-Hotel bringa. Lossn registrien und eichecka", sagte Krocket. Michi nahm Sebastian am Oberarm und begleitete ihn hinaus. „Ende Vernehming Rinderer Mittwoch 30. Juli, 11.20 Uhr."

„Krocket mir foama zu dem Rinderer hoam und frong amoi D'Nachbarn, ob des stimma ko was der verzäid hod." Sie gingen hinunter zum Parkplatz und Krocket geradewegs auf sein neues Baby zu. „Na, bitte ned", flehte Steini ihn an.
„Manchmoi regst mi auf Steini, jetza steig ei zi fix." Mit viel Widerwillen stieg er zu seinem Kollegen in den Wagen. Sie fuhren vom Hof und dann Richtung Rosenheimer Straße. „Host genaue Adress Steini?" „Ja Mauerkircherstraße 13a." Krocket genoß es, die kraftvolle Maschine bis aufs letzte zu reizen. Als sie in die Mauerkircherstraße einbogen sagte er: „Du, des is ja auf da andern Seitn?" „Na Krocket bitte ned." Krocket riss das Lenkrad rum und gab Vollgas. Wie ausgemessen kam der 71er Challenger auf der anderen Strassenseit zum Stehen. Natürlich in die richtige Fahrtrichtung.
„Saubere 180er ge Steini?" „Konst du ned wira normala Mensch wendn?" „Freili, aber des is ja Fad." Sie stiegen aus und gingen zum Haus. „Der Rinderer wohnt im dritten Stock. Wen kannt jetzta der ghärt ham?" „Mir frong olle im zwoatn, drittn und vierten Stock. Dann miassadma auf da sichern Seitn sei."

„Steini du in zwoatn und i fang im drittn o." Sie klingelten sich von Tür zu Tür. Nicht überall war jemand zu Hause. Am Ende konnte sich allerdings niemand an den Morgen des 22. erinnern. „Mir fahrma heid aufd Nochd numoi hera vielleicht sand die andern dann do", sagte Steini. „Middog is scho, hamma an Hunga ha?" „Auf jeden Foi, wohi?" „I dad song Viktualienmarkt" „Ok, auf gäds." Um kurz nach eins saßen sie am Viktualienmarkt und gönnten sich eine Maß Bier und Schweinebraten.

„Mai is des guad, sche Fett und des Bier so friesch."
„Oh mei Krocket unsa Bayern is hoid oafoch sche."
„Was denkst jetza du, wars der Rinderer?"
„I woas neda, des sand doch Schuibuaeifersüchteleien, da bringt ma do koan glei um."
„Agressiv war der aber scho, findsd ned?" „Steini, des war eiskoit blant. Du muasst do im Wassa wartn und an Hoit suacha und dann hoda des Opfa dasaffa lossn, do muast zuaschaung wia Oana stirbt. Do hod ebba fui Zeit und Kraft investiert um auf Numma sicha zum geh. Moanst du echt, dass der Bua sowos duad. Im Affekt vielleicht, aber do ned blant, i glabs neda."
„Sicher Krocket a bisserl wos is do scho dro. Schaug a moi segst di do drübm?" „Weiche?" „Blaue Sunnabruin, aufgsteckte Hoar, Tatoo am Fuasglenk und kurza Rog." „Ja säg i." „Der Typ gengüber hod ihrer grod an Umschlag unterm Dsch ummigschobm und sie hod eam a roin Gäid gebm." „Und jetza?" Bass auf, wenn die aufstengan, dann gähst du dem Typn hintnochi und i dera Tussi. Wenn irgendwos verdächdigs bassiert dann schick ma uns a SMS." Als die Verdächtigen

aufstanden, warteten sie noch einen Moment und folgten ihnen dann. Krocket ging der jungen Frau hinterher, die in der Damentoilette verschwand. Er versuchte so unauffällig wie möglich einen Blick hinein zu werfen, wollte dabei aber nicht als Spanner auffallen.

Als die Verdächtige nach zehn Minuten immer noch nicht rausgekommen war, bat er die Klofrau nachzusehen. „Meine Frau ist da drinnen und kommt nicht mehr raus. Könnten Sie mal nachschauen bitte?"

Die Klofrau ging hinein und schaute von unten in die Kabinen hinein als sie plötzlich schrie. „Da liegt eine am Bode näben Klo." Krocket stürmte sofort hinein und ließ sich von der Klofrau die Kabinentür von aussen öffnen.

Die junge Frau atmete noch und hatte eine Nadel im Arm stecken. Krocket rief sofort einen Notarzt. Dann schickte er Steini eine SMS: „Sofort festnemma, Heroin, Frau Überdosis."

Beim Durchsuchen ihrer Handtasche fand Krocket ihren Ausweis, den er einsteckte. Steini, der dem Mann mittlerweile bis in die Lindwurmstraße gefolgt war, beschleunigte seinen Schritt. Als er nah genug an ihm dran war rief er: „Halt Polizei." Der Mann blieb stehen und fragte: „Ja was gibt's?" „Dürfte ich mal Ihren Ausweis sehen?" Der Mann zögerte kurz. Als er sich in die Innentasche seines Sakkos fassen wollte, zog Steini seine Waffe. „Langsam Spezi, ganz langsam." „Der Mann zog tatsächlich nur einen Ausweis aus der Tasche. Steini schaute sich diesen genauer an und notierte den Namen.

Als der Verdächtige ihn in einem abgelenkten Moment vermutete, nahm er reißaus.

Steini lief ihm hinterher und rief gleichzeitig Verstärkung. „Zentrale, i verfoig an Verdächdign zfuaß. D'Lindwurm stodtauswärts, bitte um Verstärkung." Bevor die Zentrale bestätigen konnte, hatte Steini bereits aufgelegt. Am Götheplatz wollte der Flüchtige in die U-Bahn verschwinden, als mit großem Getöse zwei Polizeiwagen auf diesen hinauffuhren und den Eingang zur U-Bahn versperrten.

Die Beamten stiegen aus und riefen „Halt, Polizei, stehenbleiben", und zogen dabei ihre Waffen. Als der Mann versuchte wieder in die andere Richtung zu fliehen, lief er Steini direkt in die Arme: „Hö Blasi, langsam." Er nahm ihn in den Polizeigriff und legte ihm Handschellen an. Danach übergab er ihn an die uniformierten Kollegen. „Do, bringtsn aufs Präsidium, registrieren und wegschliassn. I kimmad mi umman Rest." Nachdem er kurz verschnauft hatte, versuchte er Krocket zu erreichen. „Ja, Krockberger" „Krocket, wia schaugts bei dia aus?", schnaufte Steini. „Die Frau lebt. Der Notarzt nimmts grod mid, wart a moi kurz", Krocket hält das Mikro seines Handys zu: „Wo bringen Sie die Frau hin?" fragte er einen der Sanitäter. „Ins Rechts der Isar", antwortete dieser. Krocket schickte eine der inzwischen eingetroffenen Streifen hinterher. „Ihr fahrts mit dene mid und bassts auf die Frau auf kloar?" „Verstanden", sagte einer der Beamten und stieg mit in den Notarztwagen, während sein Kollege mit dem Streifenwagen folgen wollte. „So Steini, do bin i wieder." „Krocket mir hamdn. I bin no

do am Goetheblotz. Soi i ma a daxi nemma oder hoist mi ob." „I kim und hoi die, bin do eh fertig."
Krocket verließ den Schauplatz, ging zu seinem Wagen und fuhr Richtung Lindwurmstraße. Am Goetheplatz sah er, wie Steini an einer Laterne lehnte und sich mit beiden Händen auf seinen Schenkeln abstützte. Er hielt an: „Und gäds wida, host a wengerl Sport gmacht ha?" „Sehr lusdig", antwortete Steini nur und stieg ins Auto. Nach ein paar Metern hatte er sich wieder gefangen und sagte:

„So I ruaf jetza no an Schorsch o, dass der sie dera Drogensach onimmt". Während er nach seinem Handy griff, um die Kollegen vom Drogendezernat anzurufen. „Schorsch bist as du? „Ahhh da Steini, gibt's di ano?" „Schorschi, da Krocket und i hamd heid a moi Eier Arbat gmacht, weils es Stubmhocker gwiss blos Karten gspuit hobts" „Freili Steini, dodofia bist ja du auf da Stross, sonst miassadn mir ja oiss macha." „Schorsch, d'Trachtler bringan glei an Mustafa, wia hod jetza der wida ghoassn", Steini fummelte den Zettel aus der Tasche, auf welchem er sich den Namen des Verdächtgigten notiert hatte. „Mustafa Öldöndum. Den hamm da Krocket und i aufm Viktualienmarkt dawischt wira Heroin an eine Dame verkauft hod. Die hoasst." Krocket gab Steini den Ausweis: „Moment …. Olga Tuljonkov. Sie liegt im Rechts der Isar." Wenns a Protokoll machts sogts Bescheid dann kriagts unsere Aussogn." „Ok, Steini, merci, mir kümmern uns." Sie fuhren zurück in Richtung Präsidium. „Es is grod erst viere, i glab fiad Mauerkircherstraße is no zfria." „Ja, vor simme brauchma do ned aufdaucha, is eh koana dahoam." „Los uns numoi zum Eisbach fahrn die Surfer zuaschaung, vielleicht foit uns do nowos auf."

Krocket bog in die Sonnenstraße ein und fuhr Richtung Altstadttunnel. „Du, vor der Bruck da wendsd aber normal ok?" „Wennst moanst." Krocket fuhr brav bis auf die Höhe der Eisbachbrücke und parkte wieder auf dem Museumsparkplatz. Sie gingen hinüber und stellten sich zu den Schaulustigen dazu. „Schaut scho guad aus, wos die do machan, findsd ned Krocket?" „Freili, aber i fangma a so a zeig ned no o in meim oita."

"Schaug do is die Gloa vom Michi", sagte Krocket. "Und do unser Meister Richie", sagte Steini als er ihn entdeckte. „Und der do hind, wer isn des?" „Den kenn i neda." „Der is aber a sauguad drauf, ja spinnst du." Nach einem mißglückten Sprung, ließ sich der Unbekannte zurückfallen und kletterte aus dem Wasser. Da er seinen Neopren bis auf die Hüften herunterschob, schien er genug zu haben. Er ging hinauf zu den anderen Surfern , die sich gerade vorbereiteten oder umzogen. „Hi everybody. Who's doing the Surf-Challenge at the Airport." Drei andere meldeten sich. „I keep you in Mind, we see us, while you can watch my As", sagte der Unbekannte und grinste. Dann ging er zu seinem Leihwagen und fuhr davon. „Hinterher Steini, i wui wissen wer des is und moing muas da Michi mid seina gloan redn ob die den kennt."

Sie sprangen in den Wagen und folgten dem Unbekannten. „Und Steini, wia komma am Flughafen denn surfen, des is doch a Schmarrn, oder?"

Steini tippelte auf seinem Handy rum. „Doch do
städs, Surf-Challenge am Münchner Flughafen, des
gibt's wirkli."
Sie folgten dem Unbekannten weiter statdtauswärts
auf der Leopoldstraße. Am Hilton-Hotel kam der Wagen dann zum Stehen. Der Mann stieg aus und brachte zunächst sein Surfbrett in die Lobby,
danach seine große Sporttasche mit dem restlichen
Equipment. Dabei war auch ein Seil, welches halb aus
der Tasche hing. Steini und Krocket wendeten vor
dem Hotel und hielten auf der anderen Straßenseite
an.
Krocket nahm das Fernglas: „Schaug a moi, der hod a
Seil bei seini Sachan." „Moanst des is des Seil mid
dem der vielleicht den Wiedmann umbrocht hod?" „I
woas neda." „Do jetza kimda wida aussi." Steini
machte schnell ein Foto mit seiner Handykamera. Der
unbekannte Mann stieg wieder ein und brachte den
Wagen in die hoteleigene Tiefgarage. Steini und Krocket stiegen aus und liefen auf die andere Straßenseite hinüber.
Als sie vor der Drehtür des Hotels standen, sahen sie,
wie ein Page die Sachen des Surfers auf einen Ge-
päckwagen lud und mit diesen im Aufzug verschwand. Krocket und Steini gingen hinein, um an der
Rezeption mehr über den Gast zu erfahren. „Grüß
Gott die Herren, was kann ich für Sie tun?", sagte
eine junge Dame an der Rezeption. Krocket zog seinen Dienstausweis aus der Tasche und legte ihn auf
den Tresen: „Hauptkommissar Krockberger und das
ist mein Kollge Steininger, wir hätten eine Frage."
„Ja bitte, wie kann ich Ihnen helfen?"

Steini übernahm das Wort: „Der junge Mann mit dem Sufbrett, wer ist das und wo kommt der her?"

„Ich weiß gar nicht ob ich Ihnen das sagen darf, wir sind ein diskretes Haus."

Krocket schob einen 20 Euro-Schein zu ihr rüber.

„Wie sehr diskret?", fragte er zugleich. Die junge Rezeptionistin lehnte sich zu ihm hinüber und sagte leise: „Der heisst Jimmy Moses und kommt aus LA."

„Aus Landshut, dann ist er ja doch von hier", sagte Steini und lachte."

„Nein aus dem LA in Amerika, Los Angeles." „Ok, und wissen Sie noch mehr?", fragte nun Krocket.

Die Hotelangestellte schüttelte den Kopf bis Steini ihr nun weitere 20 Euro gab.

„Der hat jeden Abend ein anderes Mädchen mit auf seinem Zimmer."

„Die gehen morgens meist sehr früh wieder, frühstücken auch nicht, Sie verstehen schon was ich meine."

„Ach so, Sie meinen Professionelle?" „Ja so Escort-Ladies halt." „Kenna Sie welche von denen?" „Nein, nicht die üblichen, die in unser Hotel kommen. Von denen habe ich noch keine gesehen." „Ok, danke erstmal." „Gern geschehen."

Krocket und Steini gingen wieder hinaus.

„Was damma jetza? Soima auffi geh zu dem Typn oder observiern?", fragte Steini. „I häd gern des Seil damid da Stangl Spurn nemma kandad." „Bei der Beweislage kriang ma aber koan Durchsuchungsbeschluß." „Ok, mir ruafma den Michi o, der soi do im Hotel aufbassn wos der duad und wohi dass er gäd. Vorher soi a no mit da Sandra redn, ob die den Typn kennd. Und mir fahrma jetza numoi ind Mauerkircher

und redn mid die Nachbarn." „Ok Steini, so machmas."

Zurück im Wagen rief Steini gleich beim jungen Kollegen an. „Michi, bistas du?" „Ja Steini" „Bass auf du
frogst jetza dei Gspusi, obs einen Jimmy Moses kennd
und wos über den woas. Foto schick i da glei aufs
Handy. Dann schnappst da an ZIVI-Wong und fahrst
Leopold gegenüber Hilton und basst auf das uns der
ned davo lafft." „Und wie lange soll ich da observieren?", fragte Michi. „Mai, die ganze Nacht wenns sei
muas, mir lösma die dann moang in da fria ob." „Na
prima, da freu ich mich aber sehr", sagte Michi iro-
nisch.

Steini hatte das Gespräch gerade beendet als sie auf
den Oskar-von-Miller-Ring einbogen um weiter Richtung Isartor zu fahren, wo sie links abbogen. In der
Mauerkircher Straße angekommen war es bereits
19.10 Uhr. Sie fragten sich bei den noch fehlenden
Nachbarn durch.

Erst an der letzten Türe wurden sie fündig. Nachdem
Krocket geläutet hatte, öffnete eine hübsche Frau im
Dirndl die Türe. Steini zeigte ihr seinen Ausweis:
„Griaß eana, i bin Hauptkommissar Steininger und
des is mei Kollege Krockberger. Mir hädma a boar
Frong." „Und wia ko i eana heifa?" „Am zwoarazwanzigsten in da Fria, Ham Sie da eanan Mo so ummara
sechse zum Getränkemarkt gschickt? Der Wortlaut
war: bring aufm Heimweg no a Limo und a Cola mid
oder so ähnlich." „Der zworazwanzigste war letzde
Wocha am Dienstdog", begann die Frau. „Am Mondog hob i dwasch gmacht und dabei im Kella gseng,
dasd Getränke aus hand. Ja Herr Steininger des kon

sei, dass i am Dienstdog sowas zu meim mo gsagt hob." „Ok Frau ….", Krocket schaute kurz auf das Türschild, „Damminger. Einstweilen Danke. Sie miassn no aufm Präsidium vorbeikemma dasma eana Aussog protokollieren. Am besten moing in da fria so gega neunne. Do is mei Visitenkarte." „Um was gäds denn Herr Kommissar. A bisserl wos derfans ma schno verzäin." Die anderen Haustüren im Flur öffneten sich alle einen Spalt. Scheinbar gab es hier sehr neugierige Nachbarn. „Es gäd um den Rinderer vo obm." „Hoda wos ausgfressen, der war scho immer so komisch." „Na reine Routine."

Sie verabschiedeten sich und gingen wieder zum Wagen hinunter, als Steinis Handy klingelte: „Servus hier ist der Michi. Die Sandra kend den Typen ned persönlich. Er is Oana von den ganz Großen aus den USA und hat wohl eine Einladung zu der Challenge am Flughafen bekommen. Mehr weiß Sandra auch nicht." „Jo ok Michi, merci, bist scho am Hilton?" „Selbstverständlich, wie aufgetragen." „Ok, dann a schene Nocht no, servus." „Servus." „Oiso Krocket nix neis über den Moses. Die Gloa vom Michi hod nix gscheids gwußt. Nur das der a an dera Challenge am Flughafn teilnimmt."

„Na guad dann schmeißt mi am Präsi aussa und i loss den Rinderer laffa. Mir träffma uns dann moing um simme beim Michi, ok?" „Ok Steini, so machmas." Krocket fuhr Steini ins Polizeipräsidium und dann selbst Richtung Uni-Café. Er wollte schaun, ob Anna da wäre.

Als er hereinkam stürzte sie gleich auf ihn zu. „Krocket ich hab dich so vermisst" „Ich dich auch." „Sag
wann hast du denn Schluss?" „Heute schon um halb
zehn. Hast du Hunger?" „Eine Kleinigkeit wäre super." Anna bestellte etwas in der Küche und brachte
Krocket derweil ein Weißbier. Kurze Zeit drauf klingelte es in der Durchreiche und Krockets Brotzeit war
fertig. Er aß in Ruhe und trank sein Weißbier. Etwas
später stand dann auch schon Anna an seinem Tisch.
„So ich bin so weit", sagte sie mit einem wunderschönen strahlenden Lächeln. „Super Maus, dann
gehma. Halt, zahlen muss ich noch." „Hab ich schon
erledigt, paßt schon, mein Schatz."
Anna und Krocket verließen das Café und gingen zu
Krockets Wagen. „Heute kommst du mal mit zu mir,
ok?", sagte er, während dem er sich eine Zigarette
ansteckte. „Gerne Liebster, warum nicht?" Er wendete den Wagen, um zurück Richtung Dachauerstraße
zu fahren. Zu Hause angekommen, ging Anna als erstes ins Bad, um sich frisch zu machen. „Und seid ihr
weitergekommen?" rief sie. „Nein nicht wirklich. Da
war ein Verdächtiger eifersüchtiger Exfreund der
dann doch ein Alibi gehabt hat und jetzt gibt's noch
einen amerikanischen Surfer, der die Eisbachleute
wohl bei der Flughafenchallenge aufmischen will."
Als Anna aus dem Bad kam, schaltete sie das Licht
aus. „Hey was wird das denn, ich seh nix mehr."
Anna kicherte und steckte eine Kerze an. Als Krocket
zu ihr rüberschaute, hatte sie außer einer schwarzen
Fliege nichts mehr an. Ihre Haare hatte sie nach oben
gesteckt und ihre wunderbaren blauen Augen funkel-
ten im Schein des Kerzenlichts. Krocket nahm sie in

den Arm und Anna begann ihn langsam auszuziehen. So nackt und eng umschlungen fühlten sie sich sehr nahe.

Anna gab Krocket einen zärtlichen Kuß und schubste ihn dann aufs Bett. Sie saß auf ihm, während sich ihre Knie in die weiche Matratze fügten. Zärtlich, nur mit ganz feinen Berührungen liebkoste sie Krocket mit ihrem Schoß und wurde dabei selbst immer erregter, bis es ihr eiskalt den Rücken hinunter lief. Dann hielt es Krocket nicht mehr aus. Er drehte das Tandem um und begann seinerseits Anna zärtlich zu berühren. Dann sah er, wie sich ihr Bauch zusammenzog und sie sich einen kurzen Moment aufbäumte. Krocket spürte den warmen Fluß und schlief alsgleich mit ihr.

Die anfangs langsamen Schwingungen wurden immer heftiger. Beide begannen zu stöhnen und küssten sich dabei immer wieder und drehten und wendeten sich von der einen Ecke in die andere, bis Anna ihn von sich hinunterstieß und so lange quälte, bis sie den feinen Bienenhonig genießen durfte. „Liebster, so etwas habe ich noch nie erlebt. Das ist so etwas Besonderes mit dir. Ich möchte das nie mehr missen. Ich liebe dich." Solche Worte hatte noch keine Frau zu ihm gesagt. Er war überwältigt. „Schatzi, du bist der Wahnsinn in Tüten." Beide schliefen ein. Plötzlich, es war 1.15 Uhr, klingelte das Diensthandy: „Ich bins der Michi, es rührt sich was. Der Verdächtige steigt gerade in ein Taxi." „Dann fahr eam hintnochi und mäid di wenns was neis gibt", sagte Krocket und legte auf. Nachdem er das Handy wieder auf den Nachttisch gelegt hatte, ging er in die Küche hinüber und nahm einen großen Schluck Wasser. Da stand Anna hinter ihm und drückte sich zärtlich an seinen Rücken. „Komm wieder ins Bett ", sagte sie leise. „Anna ich muss wahrscheinlich nochmal weg. Der Michi, also der Kollege, den du aus dem Café kennst, meldet sich gleich nochmal wegen unserem Fall." „Schade", sagte sie und ging wieder ins Bett. Da klingelte das Handy erneut. „Ja Michi." „Er ist jetzt im Euroindustriepark hinter so einem Supermarkt aus dem Taxi ausgestiegen. Hier ist wohl so ein Nachtclub oder Bordell, was auch immer." „Ok Michi, bleib wosd bist, i kim zu dir." Krocket sprang in seine Hose, zog ein Shirt an und schwang sich in sein Leinensakko. Dann gab er Anna einen letzten Kuß und verschwand. So schnell er konnte fuhr er zum Euroindustrieüpark hinüber, wo er Michi schnell fand.

„Servus, und?" „Er ist rein aber noch nicht rausgekommen."

„Ok, dann gämma mir jetza a eini." „Ähhhh Krocket, ich könnte auch draußen warten." „Warum?" „Ich war noch nie in einem solchen Etablissement."

„Gä jetza stäi di neda so o und kim", beruhigte Krocket ihn. An der Tür wartete ein großer angseinflössender Schwarzafrikaner. Krocket ging auf ihn zu. Als er den beiden den Zutritt verweigerte, zeigte er ihm seinen Ausweis.

Dann gab der Türsteher den Weg frei. Drinnen empfing sie eine leicht erotisch anmutende Piano-Musik. Links von ihnen war die Bar und rechts ein Bereich mit Sesseln, in welchen verschiedene Herren einer Dame huldigten, die barbusig mit ihrem Hintern vor ihrer Nase rumwackelte. Sie gingen an die Bar. „Kann isch was fir eisch tun Jungs?" „Krocket zeigte der Bardame seinen Ausweis: „Da ist gerade einer reingekommen so 35 Jahre circa längere blonde Haare und einen Dreitagesbart. Wo ist der hin?" „Isch weiß niescht. Trinken Sie doch erst mal etwas." „Was kostet denn ein Bier?" „Mit oder ohne Frau?", fragte die Bardame und Krocket sagte: „Nur ein Bier." „12 Euro." „Respekt, Ihr habt ja einen Vogel, das sind ja Preise wie zum Oktoberfest."

Zwei leichtbekleidete Damen kamen zu ihnen huinüber. Die jüngere von den beiden nahm Michi in den Arm und die Ältere schmiß sich an Krocket hin.

„Na Ihr Süssen, wollt Ihr ein bisschen Spaß haben?" Michi sagte: „Lieber nicht, du bist nicht mein Typ."

„Habts Ihr den Typen mit langen blonden Haaren und dem Dreitagesbart gesehen?"

„Sind Sie von der Polizei?" „Nein von der Feuerwehr, also los jetzt."

„Der ist nach hinten gegangen zu Freddy, unserm Boss." Als sie in Richtung dem Gang mit den Toiletten schauten, ging die hinterste Tür auf und Moses kam heraus.

In diesem Moment schnappte sich Krocket die beiden Damen und verschwand mit ihnen und Michi in einer roten Couchecke. Zur Tarnung nahmen sie die Mädchen in den Arm und beobachteten, wie Moses das Lokal verließ.

Während Krocket sich seiner Dame entledigte, hatte die andere gerade angefangen Michis bestes Stück auszupacken. Der schaute eher verduzt was ihm Geschah. „Nicht anfassen", sagte Krocket und schob die Prostituierte auf die Seite. Dann machte er Michi den Reißverschluss zu und sagte. „Gehma, dafür bist du noch zu jung." Den Damen gab er zum Abschied jeweils 30 Euro und sie zogen wieder los.

Draußen stieg Moses in ein Taxi. „Weida schnei, sonst verlierman." Sie sprangen in den Challenger und folgten dem Taxi in ausreichendem Abstand. Dieses fuhr wieder stadteinwärts und hielt erst in der Nähe der bayrischen Börse. Moses stieg aus. „Michi aufgehts eam noch. I muas no an wong parkn dann kimm i a."

Der junge Kollege stieg aus und folgte dem Verdächtigen zu Fuß. Krocket parkte den Challenger und stieg dann auch aus. In diesem Moment sah er, wie Michi hinter dem nächsten Strasseneck verschwand. Krocket nahm sein Handy heraus und schickte Michi eine SMS: „Wo muas i hi."

Es dauerte ein paar Minuten, dann bekam er Antwort: „Nachtcafé."

Er lief über die Straße und traf Michi vor dem Eingang.

„Er ist schon rein, sollen wir auch?" „Freilli wosn sonst." An der Tür zeigte Krocket diesmal gleich seinen Ausweis und den beiden wurde Einlaß gewährt. Die Lichtblitze und der künstliche Nebel machten es nahezu unmöglich, Moses zu finden. Wegen der lauten Musik konnten sie auch fast nicht miteinander reden.

Sie gingen einmal quer durch das Lokal und sahen dann, wie Moses mit zwei jungen Damen an einem Tisch saß und offensichtlich damit zu tun hatte, diese bei Laune zu halten. Das Koks, das sie auf dem Tisch sahen, überraschte sie nicht sonderlich. „Michi, der hod si gwiss des Koks in dem Bordell ghoid, des mias

ma unbedingnt die Kollegen vo da Drogenfahndung song." „Krocket was tun wir jetzt?" „Mir wartma." Sie setzten sich in guter Sichtweite an einen Bistritisch und warteten. „Wollt Ihr was trinken?", schrie plötzlich eine Stimme. Krocket sah neben sich und da stand eine Bedienung. „Was kostet ein Bier?", fragte er. „15 Euro für ein Pils", war die Antwort. „Das ist ja teurer als im Puff", rief er laut. „Bring zwei." Nach einigen Minuten brachte die Bedienung zwei Pils. Krocket zahlte gleich und stieß mit Michi an. „Prost." Mittlerweile war es 3 Uhr früh und Moses machte sich auf den Nachhauseweg. Er hatte die zwei jungen Schnecken in beide Arme genommen und ging zum Ausgang. Mit dem Taxi fuhren sie zurück ins Hotel. „So Michi, jetza parkma do irgendwo und dann schauma a moi zu dene auffi ob ma was seng oder härn."
„Hören tu ich nix mehr, so laut wie es da drin war." Sie folgten ihnen mit dem Aufzug hinauf in den 6. Stock und sahen, wie Moses und die Mädchen in seinem Zimmer verschwanden.

Michi und Krocket postierten sich neben der Türe und lauschten. Da drinnen kicherte es und offensichtlich musste Moses beide Mädchen glücklich machen. „Glopf a moi im Nebenzimmer ob do ebba drinnad is." Michi klopfte am Zimmer nebenan und keiner öffnete. Krocket nahm seine Scheckkarte und öffnete die Türe. „Mir gengan aussi aufn Balkon und klättern ummi dann sengma mehra." Gesagt, getan und kurz drauf standen sie auf dem Balkon von Moses Zimmer und schauten hinein. Das Kokain lag auf dem Tisch und zwei nackte Amazonen bedienten Moses miteinander. „Zugriff?", fragte Michi. „Na des schaung ma uns no a weng o." Da drinnen ging es richtig zu Sache. Während die beiden Mädels sich küssten, streichelte Moses alles was er in die Finger bekommen konnte. Dann legte sich eine der beiden Frauen hin und ließ sich von ihrer Freundin und Moses verwöhnen. Die Krönung war als beide auf allen vieren übereinander hingen und Moses eine vierfache paradiesische Auswahl hatte. „So jetza glangts." Krocket kletterte wieder zum anderen Zimmer hinüber und Michi kam ihm hinterher. „Mir gemma do jettza eini. Ganz vorsichdig und korrekt, ok?" „Ja, auf geht's." Krocket klopfte an der Türe: „Polizei sofort aufmachen." Plötzlich war es still. „Gefahr im Verzug, oder Michi?"

„Wie meinst du das?" Krocket antwortete nicht mehr und trat die Türe einfach ein. Er zog seine 44er und rief: „Polizei, keiner rührt sich vom Fleck." Die sichtlich überrraschten Mädchen zogen die Leintücher hoch, um sich zu bedecken, und Moses stand da und war sprachlos. „Was ist das", fragte Krocket und ging zum Kokain hinüber.

„Das ist bei uns verboten." „I do not understand what you want." Michi versuchte es mit Englisch: „These Drugs are not allowed in Germany and this is more than ten Grams. We take you with us".

 "Ok, if you think so." Moses zog sich an und warf den Mädchen noch einen Kuß zu. „Stop, Michi nimm des Seil a mid."

„Stop, what do you want with this rope." „Ja basst scho gämma gämma." Krocket nahm sein Handy aus der Tasche und rief Steini an. „Sorry Steini, dass i stär,

aber mir hamdma den Moses und bringandn jetza
zum Präsidium, wega Drongbesitz. Des Seil hamma
aus Sicherheitsgründen a midgnumma. Brauxt ned
um simme zum Hilton kemma." „Oh Mann Krocket,
des hädsd ma in na Stund a no song kanna, es is hoibe viere." „Jo häd i", krocket lachte „Woid i aber
neda." Steini legte auf.

Sie fuhren mit dem Aufzug nach unten und brachten
Moses zu Krockets Wagen. Michi öffnete die Tür und
ließ Moses einsteigen. Dann fuhren sie ins Präsidium.
„Michi bring des Seil glei ind KTU und sog dene, Sie
soins auf Spurn untersuacha und schaung obs zu unserm Foi bassen ko." „Ok Krocket." Er ging in die KTU
und Krocket brachte Moses ins Verhörzimmer. „You
wait here for a Minute. I'll be back soon." Krocket
schloss die Tür des Verhörzimmers und bat einen
uniformierten Beamten davor aufzupassen. Im Büro
wollte er auf seinen Kollegen warten, um das Verhör
nicht alleine durchführen zu müssen. Als er gerade
einen Kaffee einschänkte, öffnete sich die Tür und
Steini kam herein. „Moang" „Servus Steini, guad
gschlaffa?" „Ja bis du ogruaffa host. Des häd do no a
weng zeid ghabt." „Jetz beruhigst di, da friara Vogi
fangt an Wurm. Gämma glei ummi." Sie gingen ins
Verhörzimmer, wo Moses auf sie wartete.
Krocket drückte wie immer den Aufnahmeknopf und
begann: „Anwesend sind Jimmi Moses, die Hauptkommissare Krockberger und Steininger in Sachen
des Mordes An Paul Wiedmann, Aktenzeichen
AKQ123432.

Mr. Moses where have you been on 22th of Juli, 6 o'clock in the Morning." „I was in my bed. What do you want from me?"

 "I am asking the questions not you. How was your Relation to Paul Wiedmann?"

"I can't remember who Wiedmann?" „He has been a Surfer from Eisbach and now he's dead."

"What do you want from me. I'm not a murderer and now I want to call a lawyer. I won't say anything until he's here."

„Steini, ruaf dem an Anwalt." „Ok Krocket." Er ging hinaus, um einen Anwalt zu organisieren, zeitgleich brach Krocket die Vernehming ab: „Ende Vernehmung Moses, Donnerstag, 31. Juli, 4:50 Uhr. Er stand auf und ging zu seinem Kollegen rüber.

Der suchte verzweifelt nach einem Anwalt. „Krocket host du no die Kartn vo dem Anwoid vierazwanzgstundservice?"

„Freili hängt hinta dir an da Pinnwand." Steini drehte sich um und nahm die Karte herunter. Er wählte die 0800-er Nummer und es meldete sich eine freundliche Stimme: „Anwälte24, Guten Morgen."

„Guten Morgen, hier spricht Hauptkommissar Steininger aus München. Wir brauchen einen Strafverteidiger ins Polizeipräsidium. Er sollte gut Englisch können."

„Ich kümmere mich drum. Es wird sich jemand bei Ihnen melden." „Auf Widerhörn." Der Gesprächspartner am anderen Ende hatte aufgelegt. „So, und jetza?" fragte Steini.

„Jetza fahrma schnei zum Schlachthof und hoima a Brotzeit. Da gibt's jetza scho wos."

Die Frühaufsteher fuhren zum Schlachthof, wo sie ihr Lieblingsfrühstück bekamen. Frische Weißwürste. Aus Gründen der Tageszeit verzichteten sie auf das obligatorische Weißbier und kehrten um 6.30 Uhr zurück. Im Wartebereich saß eine perfekt gekleidete junge Dame, ja eher eine Lady. „Schaug Steini, kennst Du di." „Na, und du?" „Grias good, kemma wos fia eana doa?"

„Guten Morgen, ist einer von Ihnen der Hauptkommissar Steininger?", fragte die Lady.

Steini zog seinen Bauch ein und schob sich in Polposition: „Ja, das bin ich." Die Lady streckte ihm ihre perfekt manikürte rechte Hand entgegen. „Rehmersberger, Julia, Rechtsanwältin."

„Ah, Sie sind wegen dem Moses hier?" „Was wird ihm vorgeworfen?" „Drogenbesitz und Mord." „Aha, dann brauche ich die Akte, bevor ich irgendwas tun kann." Steini ging ins Büro und holte die Akte. „Ausnahmsweise aber nur." „Natürlich Herr Steininger." Frau Rehmersberger setzte sich wieder und schaute in die Akte.

Als sie durchgeblättert hatte, sagte sie: „Ich möchte gerne mit meinem Mandanten alleine sprechen." Krocket führte sie ins Vernehmungszimmer wo Moses immer noch wartete. „Die Rechtanwältin schloß die Tür hinter sich." „Herr Moses, ich bin Julia Rehmerberger Ihre Rechtsanwältin." „What?" „Ok, my name is Julia Rehmersberger I'm your lawyer."

„Great, sit down. The Police is thinking I'm a murderer, but this is fucking Bullshit." Julia ließ sich die ganze Geschichte von Moses erzählen und überlegte dann, was der richtige Weg wäre. Um 7:45 Uhr bat sie die Kommissare wieder hinein.

„So meine Herren, wir können anfangen." Krocket drückte wieder die rote Taste des Aufnahmegerätes und begann: „Anwesend sind Jimmi Moses, die Hauptkommissare Krockberger und Steininger und die Anwältin Julia Rehmersberger in Sachen des Mordes an Paul Wiedmann, Aktenzeichen AKQ123432.

„Mr. Moses where have you been in the Morning of the 22th July?" Julia Rehmersberger fiel ihm sofort ins Wort: "Meine Herren, ich sehe kein Motiv. Mein Mandant kennt den Toten gar nicht und am Morgen des 22. hatte er Damenbesuch. Leider kann er sich nicht mehr erinnern von welchen Damen. Das Kokain gibt er zu. Lediglich ein Vergehen für welches ihm ein Bußgeld droht. Wars das jetzt? Gut dann gehen wir."

„Halt, stop, so einfach ist das jetzt nicht. Wir haben noch ein verdächtiges Seil, welches eine Mordwaffe sein könnte."

„Ein Seil was Sie widerrechtlich beschlagnahmt haben, da sie das Hotelzimmer meines Mandanten wegen der Drogen betreten haben und nicht wegen des Mordes."

„Das kann schon sein, aber ohne den Bericht von der KTU geht hier keiner heim." Die Anwältin versuchte weiterhin ihr Bestes, um die Beamten davon zu überzeugen, dass es viel besser wäre Herr Moses jetzt gehen zu lassen. Hätte man Gedankenblasen in diese Szene einbauen können, so würde dort etwas drinstehen wie: „Man macht die ein Theater" oder „Geile Alte aber ein Maul wie ein Maschinengewehr" oder „Ja, Ja bettel mich weiter an." So ging die Zeit auch vorbei bis es um 8.30 klopfte und Kommissar Stangl hereinkam. Er flüsterte Krocket ins Ohr: „Des Seil is zdig und a koane Hautspurn vom Opfer dro." Krocket schaute kurz auf. „Sie können gehen." „Ende Vernehmung Moses, Donnerstag, 31. Juli, 08:35 Uhr. Als Julia aufstand und zur Tür ging, sagte sie: „Tja meine Herren, ich denke wir sehen uns noch öfter, vielleicht haben Sie beim nächsten Mal ja mehr Glück."

„Mei, die Drongsache geht Ihnen schriftlich zu, auf Wiederschaun." „Aber scharf is scho mid ihrm Rog und die High Heals", seufzte Steini.

„Des is mir scheißegal", raunzte Krocket sichtlich verärgert. „Hobts ihr des Seil wirkli ordentlich untersuacht?" „Mei Krocket so ordntlich wias nur gäd." „Und jetza Steini, jetza stehma wieder am Anfang supa." Pünktlich um 9.00 Uhr kam die Entlastungszeugin für Sebastian Rinderer. „Ah, Frau Damminger. Schauns da drübm sitzt a Kollge vo mir, der nimmt eana Aussog auf." Frau Damminger ging ins Büro gegenüber und das Kripo-Duo beratschlagte, wie sie weiter vorgehen wollten. Es klopfte und Michi kam rein. „So bin wieder da. Hab schon gehört, ihr habt ihn laufenlassen?" „Ja und jetza steh ma wiada am Anfang und hom so goarkoa Idee", sagte Steini. „Ich kann mich nochmal intensiver in der Clique von der Sandra umschaun, vielleicht gibt's do doch noch andere Hinweise." „Ok Michi, dua des. Bessa als nix" „Äh und nochwas, ich müsste den Einsatzwagen von dem Bordell abholen. Darf ich mir dazu ein Taxi nehmen?" „Von mir aus Michi, den Beleg gibst mir dann rechned i den ob." „Ok", sagte Michi nur noch und ging hinaus. Er griff zu seinem Handy und rief Sandra an „Hi Sandra, da is der Michi."

„Michi sö schön deine Stimme zu hören." „Bist du mir noch böse?", wimmerte Michi. „Nein vielleicht noch ein bißchen.

Das musst du wieder gut machen", sagte Sandra.

„Kannst du mir diesmal vielleicht offiziell helfen?", bat Michi sie. „Ich versuche es, aber bitte, ich kann meine Freunde nicht ausspionieren." „Ok, wann können wir uns sehen." „Gleich, wenn du möchtest, komm doch zum Eisbach, ich möchte noch surfen."

„Gut, ich brauch noch ein bißchen, aber in einer Stunde bin ich da." „Ok, bis dahin."

Michi holte sein Surfzeug und ließ sich mit dem Taxi zu seinem Wagen fahren. Dann machte er sich auf den Weg zum Eisbach. Dort angekommen sah er wie bereits einige Surferihren Spaß hatten. Sandra war auch dabei. Als sie Michi sah sprang sie ins Wasser und ließ sich zurücktreiben. Michi ging am Bach entlang, um sie an einer Ausstiegsstelle zu treffen. Als er dort ankam, half er Sandra aus dem Wasser. Bevor er ein Wort sagen konnte, hing sie schon an ihm dran und gab ihm einen intensiven Kuß.

„Oh entschuldige Michi, jetzt bist du ganz naß."

„Macht nichts ist ja warm draußen." „Willst du nicht surfen?", fragte sie.

„Doch würde ich gerne, aber es ist so viel los. „Die meisten gehen gleich wieder, weil das Wasser weniger wird und heute Abend der Wettbewerb am Flughafen ist.

Das wäre deine Chance." „Ok Sandra, dann hol ich meine Sachen aus dem Auto." „Ich komm mit und helf Dir."

„Als Michi alles in der Nähe der Brücke hinwarf, waren tatsächlich schon einige Sufer verschwunden. Michi begann sich auszuziehen. „Wart ich helf dir", sagte Sandra. „Hör auf, nein bitte, was sollen denn die Leute sagen. Hör auf, wenn uns einer sieht." Sandra hatte nichts anderes im Kopf, als Michi bis aufs Blut zu reizen. Der hatte bald einen komplett verdrehten Kopf. „Jetzt hast du es geschafft, ich weiß gar nicht, wo mir der Kopf steht." „Das ist gut, den rück ich dir heute Abend schon wieder zurecht."

Sandra nahm das Seil und Michi schwomm wieder mit seinem Brett in die Welle, bis er das Seil zu greifen bekam.

Dann stand er auf und versuchte das Gleichgewicht zu halten. Und dann, als wäre ein Wunder geschehen, spürte er, daß er das Seil nicht mehr brauchte und ließ es los. Er stand, freihändig und sicher auf seinem Bord. Mit leichten Bewegungen begann er in der Welle zu schweben und rief: „Schau, ich kanns Sandra, es klappt." „Super Michi, halt dich so lange wie es geht." Und dann fiel er doch wieder hinein. Sandra ging von der Brücke hinunter zu ihm. „Und jetzt versuchen wir das Aufstehen ohne Seil."

Sie schwommen beide mit ihrem Brett in die Welle und Sandra zeigte Michi nochmals, wie er aufstehen müsse. Nach einigen Versuchen war er allerdings dermaßen erschöpft, dass er aufhören mußte. „Boah, jetzt bin ich fertig. Sag mal, kannst du dir vorstellen,

dass irgendjemand einen Haß auf den Paul Wiedmann gehabt haben könnte?"

„Nein nicht wirklich. Er und Richie wirkten zwar
manchmal arrogant, aber ansonsten waren sie überall beliebt und gern gesehen."
„Und du, wie kommst du mit dem Tod von Paul zurecht?"
„Naja wir sind einige Zeit rumgezogen und haben uns
gut verstanden. Natürlich macht es mich traurig, aber
ich würde unser Verhältnis nicht als Freundschaft
bezeichnen. Wir waren Surfkumpels und trafen uns
hier und da auf Parties. Unterwegs waren wir immer
zu dritt, weil Richie nie ohne Paul irgendwo hinging
und irgendwann haben es beide bei mir versucht.
Hab sie aber abblitzen lassen. Waren nicht mein Fall
im Gegensatz zu dir Michi."
Sandra nahm ihn in den Arm und küßte ihn erneut.
„Sandra, das ist jetzt wichtig, ich brauche ein besseres Bild von den Leuten, mit denen der Paul inmmer
unterwegs war." „Ok, dann machen wir folgendes.
Wir fahren gleich gemeinsam zum Flughafen. Der
Wettbewerb fängt um 18.00 Uhr an. Es werden alle
da sein und wir haben ausgemacht, dass wir danach
noch zu uns in die WG gehen und ein bisschen feiern." „Das hört sich gut an, dann los."

Nachdem Sandra noch kurz zu Hause vorbei wollte,
um sich umzuziehen, fuhren sie in die Winzerer Straße. „Komm rein Michi." Sie ging ins Bad und drehte
die Dusche auf. „Komm doch zu mir." Michi ging ins
Bad und lehnte an der Tür, als Sandra ihn zu sich in

die Dusche zog. „Wart Sandra, ausziehen möchte ich mich schon noch." Er streifte seine ziemlich feuchten Sachen ab und stieg zu Sandra in die Dusche.
Ihr fiel nichts Besseres ein, als Michi weiter zu reizen. Der hatte eigentlich noch mit vorhin genug zu tun. „Sandra, wir müssen zum Flughafen, das ist wichtig. „Ach Michiiiiii, ganz schnell, ok, nur ein bißchen, ich möchte unbedingt." Michi begann nun, Sandra zu reizen. Er berührte sie überall dort wo Frauen berührt werden wollen und dann ließ er sie quasi wieder hängen. Kurz drauf stellte er das Wasser ab und streckte ihr die Zunge raus. Sandra bedankte sich mit einem „Schuft, ich krieg dich noch" und stieg aus der Dusche. Als sie sich abgetrocknet hatten und wieder einsatzklar waren, begaben sie sich auf den Weg zum Flughafen.

An der Abfahrt von der A9 zum Flughafen, griff Sandra zu Michis Hand und hielt ihn ganz fest. „Michi versprich mir, wenn der Fall vorbei ist, dann werden wir uns weiter sehen ok? Ich fühle mich so wohl bei dir." „Klar, ich hab dich doch auch so gern, warum sollten wir uns denn nicht mehr sehen." „Ich hab halt immer noch Angst, dass du mich nur wegen dem Fall magst und wenn alles vorbei ist, steh ich ohne dich da." „So ein Quatsch", Michi setzte den Blinker nach rechts und fuhr ins P20-Parkhaus.
Sie mußten sich beeilen und strömten mit der Menge direkt in den Atriumbereich zwischen Terminal 1 und 2. Dort war ein riesges Wellenbad aufgebaut, in welchem die Teilnehmer der Challenge betreits trainierten.

„Komm Michi da vorn gibt's die Karten. Die andern sind bestimmt schon da." Sie kauften sich zwei Eintrittskarten und begaben sich zu ihren Plätzen. Dort warteten bereits Uschi, Babsi und einige andere aus der Klicke. „Hi Sandra", sagte Babsi. „Hi, seid ihr schon lange da?" „Nein sind gerade erst gekommen." „Babsi hat sich mal wider mit Richie gestritten", sagte Uschi. Babsi saß traurig auf ihrem Platz und starrte aufs Wasser, ihre Augen ganz rot vom Weinen. „Was ist denn los Babsi, die alte Geschichte?" „Ja", antwortete sie kleinlaut.

„Ich hab dir doch gesagt, mach dir keine Hoffnungen das wird nichts." „Aber der ist so süß und ich würde alles dafür tun."

„Du kannst aber nichts erzwingen, weißt du." Sandra und Michi setzten sich neben Babsi und Sandra nahm Babsi in den Arm. „Schau Michi, da is der Richie und da der Sebastian." „Ah und da der Moses. Geil der hats drauf, spinn ich." Babsi fing wieder an: „Ich dachte nachdem sie bei dir abgeblitzt waren, könnte ich vielleicht bei einem von den beiden landen."

„Babsi, ich hab dir gesagt, dass wird nix und was machst du, du baggerst weiter." „Ja, beim Paul hats ja auch geklappt, zumindest einmal." „Wie du hast mit dem Paul?"

„Ja einmal im Auto und danach meinte er nur, wir sollten Freunde bleiben, er war sich nicht sicher, ob das was sei mit uns." „Aha und dann?"

„Dann hab ich ihm Geschenke gemacht, Briefe geschickt und hab ihn immer wieder eingeladen, aber er wollte nicht." „Babsi sowas muss man akzeptieren", sagte Sandra verständnissvoll.

Plötzlich begann laute Musik und aus dem Lautsprecher meldete sich ein Moderator „Herzlich willkommen zur diesjährigen Surfchallenge am Münchner Flughafen. Die Besten der Besten werden sich heute einen erbitterten Kampf liefern.

Ganz vorne dabei erwarten wir Jimmi Moses, der extra aus den USA zu uns gekommen ist, und Richi Blumberger, der ihn herausgefordert hat. Ansonsten ist alles vertreten was die Münchner Eisbachszene zu bieten hat." Der Moderator richtete noch einige Worte an die Zuschauer und die Teilnehmer. Dann begann der Wettkampf.

Unter immer wiederkehrendem tosendem Applaus zeigten alle was sie konnten. Als der Wettkampf vorbei war gab es einen Sieger. Und wie erwartet war es Jimmy Moses.

 Richie wurde zweiter und wollte das unbedingt feiern. Sie trafen sich alle am Ausgang und warteten auf Richie, der mit seinem Pokal in der Hand anstolzierte. „Hi, immerhin zweiter, das wird gefeiert" „Gratuliere", sagte Sandra und nahm ihn kurz in den Arm. Babsi stapfte gleich hervor und versuchte Richie einen Kuß zu geben. „Gatuliere, du hast dir eine Belohnung verdient."

„Babsi, jetzt hör mal auf mit dem Scheiß, lass es einfach sein, es bringt nichts", schimpfte Richie und drückte sie weg. Babsi liefen sofort wieder die Tränen runter und Sandra nahm sie in den Arm: „Checkst du es endlich? Lass ihn doch bitte. Er verletzt dich doch nur noch." Die Gruppe ging, mit Richie voran, zu ihren Autos. „Oiso mir treffma uns bei Sandra, i bsorg no wos zum Dringa un ihr bstäids Pizza, ok?" Dann stiegen alle ein und fuhren zurück Richtung München. Babsi begleitete Michi und Sandra.

„Eigentlich ist er ein richtiger Arsch", sagte Babsi. „Oder schau ich echt so scheiße aus, Michi." „Nein Babsi, das sind vielleicht die falschen Worte. Ich würde sagen, ihr paßt nicht zusammen und das möchte Richie dir sagen." „Aber ich bekomme einen Korb nach dem anderen und ich bin schon 24." „Gibt es in deinem Studienjahrgang keine Sportler, die ähnliche Sportarten ausüben wie du?" „Doch, aber die sind alle schrecklich groß und die Gewichtheber sind fett." Michi hielt kurz inne und grinste. „Schau Babsi, irgendwann kommt der Richtige, glaub mir", versuchte Michi sie zu beruhigen. Als sie an der Winzerer Straße Ankamen, stiegen Sandra und Babsi aus, Michi parkte den Wagen, dann gingen sie hinauf, wo bereits die anderen auf sie warteten. „Habt ihr schon Pizza bestellt?", fragte Sandra „Nein", sagte Uschi, „Wir haben auf euch gewartet. Sagt mir schnell was ihr wollt und ich bestell dann für alle."

Uschi schrieb die Pizza-Wünsche auf und rief dann den Pizzadienst. Eine halbe Stunde später brachte der Pizzaboote die Bestellung. Sandra verteilte die Pizza: „So einmal Salami, einmal Schinken und einmal Diavolo und Vegetarisch."

Am Ende blieb eine Pizza übrig. „Wo bleibt blos der Richie mit den Getränken. Egal, fangts an, bevors kalt wird." Mitten in der Pizzavernichtung klingelte Sandras Handy: „Servus Sandra, ich bins der Richie. Ich bin im Krankenhaus, hab einen Unfall gehabt.

Nicht so schlimm, aber ich muss eine Nacht hier bleiben. Feierts bitte ohne mich." „Was ist denn passiert Richie?", fragte Sandra.

„In der Ausfahrt nach Schwabing haben meine Bremsen versagt und ich war viel zu schnell und bin in die Leitplanke gerauscht." Sandra stand der Schock ins Gesicht geschrieben, als sie auflegte.

„Der Richie ist im Krankenhaus, Unfall. Seine Bremsen haben versagt."

Michi nahm sie in den Arm und fragte: „Wie schlimm ist es denn." „Richi meinte nicht so schlimm, aber er muss eine Nacht zur Beobachtung dableiben."

Nachdem alle den Schock einigermaßen verdaut hatten, war die rechte Lust am Feiern vergangnen und die meisten gingen nach Hause. „Michi, bleib doch bitte. Ich bin ganz froh wenn du jetzt bei mir bist.

„Ok, kein Problem, das mach ich doch gerne." Sandra und Michi verbrachten die Nacht miteinander und am nächsten Morgen verabredeten sie sich für den Nachmittag.

Sie wollten Richie aus dem Krankenhaus abholen. Michi fuhr ins Präsidium und berichtete seinen Kollegen. „Servus." „Servus Michi, und host wos rausgfundn?", fragte Krocket. „Also nichts Besonderes. Nur der Richie, der hat gestern einen Unfall gehabt. Seine Bremsen hätten versagt." „Is des ned a weng komisch. So leicht versong doch koane Brems?", merkte Steini an.

 „Ich fahre heute Nachmittag mit Sandra ins Krankenhaus und wir holen Richie ab. Dann kann ich ihn ja nochmal fragen."

„Na, Du ruafst eam glei o und frogst wo des Auto hikemma is. Mir schaung uns des a moi gnauer o."

Michi rief Sandra an und bat sie um die Handynummer von Richie. Als er ihn anrief ging eine sehr bekannte Stimme ans Telefon.
„Hier ist das Handy vom Richie, die Babsi ist dran."
„Hallo Babsi, was machst denn du da, gib mir doch mal den Richie." „Der hat gerade keine Zeit." „Jetzt gib ihn mir bitte, ich muss ihn was Wichtiges fragen."

Im Hintergrund hörte man, wie Richie schimpfte:" Jetzt gib mir den Scheiß, das geht dich nix an." Richie nahm Babsi das Telefon ab. „Ja." „Servus Richie, hier ist der Michi. Nervt sie dich schon wieder. „Ja furchbar, könnt ihr die nicht einfach wegbringen, irgendwohin wo sie keinen nervt." „Du ich müsste wissen wo dein Auto steht, es gibt wohl noch Fragen wegen dem Unfall." „Das wurde zum Autohändler in die Marstraße gschleppt." „Ok, danke dir. Wir sehen uns heute Nachmittag, wenn Sandra und ich dich abholen." „Ok, servus." Michi gab die Informationen gleich weiter und sie beschlossen das Autohaus sofort aufzusuchen.
Dort angekommen, konnte Krocket es nicht lassen, eine etwas argwöhnige Bemerkung zu machen: „Scheißkistn des ganze Glumb." „Mei Krocket, jetza här a moi auf des san ois guade Autos. Ned nur dei Schlittn daugt wos die scho a", entgegnete Steini. Im Vorbeigehen griff Krocket nach einem Seitenspiegel, den er dann auch plötzlich in der Hand hatte. „Oha", Krocket hielt den Spiegel hoch und zeigte ihn den

anderen. „So koa Glumb und wos is des." Steini schüttelte den Kopf und sie betraten gemeinsam den großen Verkaufsraum.

Am Empfang stand ein gut gekleideter junger Mann der sich gleich um sie kümmerte. „Meine Herren, genau die richtige Entscheidung. Sie wollen Innovation und Sport zu einem guten Preis, dann lassen Sie mich Ihnen ein Angebot machen." Krocket gab ihm den Aussenspiegel und zog seinen Ausweis heraus: „Polizei, ich bin Hauptkommissar Krockberger und das sind meine Kollegen Steininger und Huber. Wir würden germe das Fahrzeug vom Richie Blumberger anschaun." Etwas unschlüssig den Spiegel betrachtend sagte der Mitarbeiter des Autohauses: „Da muß ich sie leider an meinen Kollegen verweisen, ich bin vom Verkauf. Der Herr da hinten macht Unfallinstandsetzung." Als sie sich dann an den scheinbar Richtigen wendeten, wurden sie in die Werkstatt geführt.

„Haben Sie sich das Auto schon genauer angesehen?" „Nein, wir hatten nich keine Zeit." Steini kniete neben das Fahrzeug und versuchte mit seinem Kopf darunter zu sehen. Was er sah ließ keine Zweifel zu. „Krocket, do is Bremsflüssigkeit ausglaffa und der Schlauch is durchgschnittn." „Dann woid den Richie oana umbringa!", stellte Krocket fest. „Offensichtlich, der Richie braucht Personenschutz, dringend, aber unauffällig." „Kollegen, ich bin doch eh mit ihm verabredet. Ich könnte an ihm dranbleibm", bot Michi an.
„Aber bass blos auf, wer Bremsen durchschneid, der macht a no ganz andere Sachan", warnte ihn Steini.

Am Nachmitag traf sich Michi mit Sandra und sie fuhren gemeinsam ins Krankenhaus, um Richi abzuholen. Der war schon wieder einigermaßen auf den Beinen. „Hi Richie", sagte Sandra, „Wie geht's Dir?" „Servus Sandra, ah, hi Michi, freut mich, dass ihr mich abholts. Naja, da Schädel brummt noch ein wenig und meine Knie tun weh, weil ich mit denen angeschlagen bin, aber ansonsten paßts wieder."

Die drei gingen hinunter zu Michis Wagen. Dort angekommen packte er Richies Sachen in den Kofferraum und half ihm beim Einsteigen. Als sie losfuhren sagte er zu ihm: „Richie, die haben deine Bremsleitungen durchgeschnittn." „Was, wer macht denn sowas?" „Irgendjemand hat es auf dich abgesehen und vielleicht ist es der Gleiche wie der, der den Paul umgebracht hat.

Ich schlage vor du pennst heute bei Sandra und mir, dann können wir auf dich aufpassen. „Ok, wenn ihr meint, dann machen wir das halt so."

In der Wohnung Winzerer Straße angekommen, legte sich Richie auf die Couch: „Gä Sandra, gib mir ein Bier bitte."

Nachdem Michi auch für ein Bier zu haben war, holte sie allen drei eines aus dem Kühlschrank. „Sandra", fragte Richie, „Kannst du dir vorstellen, wer mich so wenig mag, dass er sowas tut?" „Nein nicht wirklich", antwortete sie. „ Aber irgendwie ist das doch komisch. Erst der Paul und dann meine Bremsen und jetzt kann ich noch nichtmal am zweiten Wettkampf heute Abend teilnehmen. Das ist ein richtiges Unglück.

Ich hätte gewonnen, weil der Ami wieder nach Hause ist und dann hätte ich den Profivertrag bekommen." „Aber Richie", fragte Michi, „Wer bekommt den Profivertrag denn dann?" „Das ist es ja, allen anderen langen die Punkte aus den anderen Wettkämpfen gar nicht. Es kann keiner nachrücken, wenn ich nicht teilnehme, es gibt keinen echten Konkurrenten."

So gegen halb acht kam Babsi nach Hause. „Hi Richie, wie geht's dir denn, hast du alles, kann ich was für dich tun?" „Babsi, nein. Alles ok, lass mir einfach meinen Frieden, ok." „Na gut, schade." „Wo hast du dich denn den ganzen Tag rumgetrieben Babsi", fragte Sandra. „Ich, Ich war erst in der Uni, dann trainieren und dann noch in der Stadt." „Was hast denn da in der Tüte? Hast du was ergattert?" „Nein nichts, da ist nichts Besonderes drin." Babsi drehte sich verlegen um und brachte die Tüte in ihr Zimmer. Michi flüsterte zu Sandra: „Ich würde schon gerne wissen was in der Tüte ist." „Die macht immer so ein Geheimnis draus, weil die Klamotten alle Grösse 48 sind und sie sich so dafür schämt." „Ach so Frauengeschichten halt" „Ja mei Michi, so sind wir halt." Babsi kam zurück und setzte sich zu Richie: „Ich bin auch ganz brav, keine Angst." Michi stand auf und holte Babsi ein Bier aus der Küche. Dann kam auch Uschi herein. „Hallo." „Hallo Uschi", sagten alle im Chor. „Mei Richie, wie geht's dir denn, ist es sehr schlimm?" Uschi setzte sich auf Richies andere Seite und legte sich seine Beine auf den Schoß. Babsi hielt derweil seine Hand. Um 21.30 Uhr hatte Richie ge-

nug: „So reichts mir. Sandra wo kann ich schlafen?"
„Babsi, kannst du nicht bei Uschi schlafen, dann kön-
nen wir Richie dein Zimmer geben." „Der Richie kann
auch bei mir schlafen, das ist kein Problem."
Jetzt wurde Richie sauer: „ N E I N. Heißt das Wort,
geht es denn nicht in deinen Schädel rein?" Michi und
Sandra halfen Richie aufzustehen und brachten ihn in
Babsis Zimmer. Er legte sich hin und schlief sehr bald
ein. Als Babsi und Uschi verschwanden, gingen auch
Sandra und Michi ins Bett. Beide waren Hundemüde
und dösten eng umschlungen weg.
Mitten in der Nacht hörten sie plötzlich einen Schrei.
Michi stürzte aus dem Bett und schnappte sich seine
Waffe. Am Gang sah er wie Babsi aus ihrem Zimmer
stürzte und schrie: „Er hat mich vergewaltigt, holt die
Polizei." Michi ging in Babsis Zimmer und schaltete
das Licht ein. Dort hatte sich Richie aufgerichtet: „Michi das ist totaler Schmarrn, das musst du mir glauben. Die is hier reingekommen, nackt und hat sich zu
mir ins Bett gelegt." „Und dann?", fragte Michi.
„Dann ist mir der Kragen geplatzt. Angeschrien hab
ich sie: „Du blöde fette Kuh schleich dich, bevor ich
kotzen muss, hab ich gesagt. Und dann ist sie aus
dem Zimmer gerannt."
Michi ging zu Babsi und fragte ob Richies Aussage
stimmte. „Ja, natürlich stimmts. Aber ich bin keine
fette blöde Kuh. Das lass ich mir nicht gefallen."
„Aber Vergewaltigung ist eine ernste Anschuldigung,
was soll denn das?" „Tut mir leid, ich weiß auch
nicht." Nachdem sich alle wieder beruhigt hatten,
ging jeder in sein Bett zurück.

Am nächsten Tag war es 8 Uhr als Michi die Augen öffnete. Er drehte sich zu Sandra um und strich ihr durch das von der Sonne glitzernde blonde Haar: „Guten Morgen mein Schatz. Ich muss jetzt aufstehen, machst du uns einen Kaffee?" „Michi, es ist doch erst 8, leg dich wieder hin."

„Sorry ich hab quasi Dienst." Er schrieb Krocket eine SMS: „Alles im grünen Bereich, Keine besonderen Vorkommnisse." Einige Minuten später bestätigte Krocket die Info.

Michi und Sandra standen in der Küche und schlürften ihren Kaffe als auch Richie dazustieß. „Morgen Richie", sagte Michi, „Und wie geht's?" „Paßt schon wieder, ganz ok." „Und wann kannst du wieder surfen?", fragte Sandra. „Ich glaube, ich probiere es Morgen oder Übermorgen wieder, wird schon gehn." „Ok, da könnten wir doch mitkommen oder Michi?" „Klar warum nicht." „Wo sind eigentlich Babsi und Uschi?" Sandra ging zu Uschis Zimmer und machte die Tür einen Spalt auf. Babsi war weg und Uschi schlief noch.

„Michi, die Babsi ist weg. Ihre Sachen hat sie mitgenommen, die Tüte ist auch nicht mehr da." „Die kommt schon wieder", meinte Richie. Uschi drehte sich um und öffnete die Augen: „Was ist denn loooos." „Babsi ist weg", sagte Michi. „Tatsache, hab ich gar nicht mitbekommen. Ist Richie denn noch da?" „Ja ist er, warum?" Nach dem Gezeter heute Nacht kam Babsi wieder ins Bett zu mir und sagte, sie würde jetzt wissen, wie sie mit dem Richie zusammenkommen könnte und dann würde alles gut werden."

„Und dann", fragte Sandra." „Ich dachte mir, die spinnt einfach nur und hab weitergeschlafen." „Hm, sagte Michi, „Komisch, was hat sie nur damit gemeint, ich versteh das auch nicht." „So seid mir nich böse, ich geh jetzt nach Hause", sagte Richie. „Ich komm mit." „Nein Michi, ich glaube, ich kann schon selber auf mich aufpassen. Heimfahren könntest du mich aber." „Ok, kein Problem, kommst du mit Sandra?"

„Ja gerne." Als sie losfuhren war es 9.20 Uhr. An Richies Wohnung angekokmmen, stieg er aus und verabschiedete sich: „Also, danke nochmal und ciao." „Meinst du wirklich du kommst alleine klar", fragte Michi nochmals. „Ja, ich komm schon klar." Richie ging ins Haus und die Tür fiel hinter ihm zu. Sandra lehnte sich zu Michi hinüber und spitzte ihre Lippen. Michi gab ihr einen langen intensiven Kuß und ließ dann den Wagen wieder an.

Als er losfahren wollte, stürzte Richie wieder aus dem Haus und winkte ihnen zu. „Halt wartet, ihr müsst euch was anschauen." Michi stellte den Motor wieder ab und stieg aus. Sandra folgte ihm. Gemeinsam gingen sie hinauf und dann sahen sie, was Richie erschreckte. In der ganzen Wohnung standen Kerzen und es lagen Rosen auf dem Boden. Am Ende des Ganges war so etwas wie ein Altar aufgebaut. Auf dem war ein aus Babsi und Richi zusammengeklebtes Bild zu sehen. Darunter stand: Zusammen werden wir bald in die Ewigkeit eingehen. „Die spinnt doch, oder?", schimpfte Richie. Sandra und Michi waren sprachlos. „Mensch Babsi, was machst du nur für einen Quatsch", sagte Sandra, während sie eine

Rose aufhob. „Leute, ich halte das nicht mehr aus. Ich will in Frieden leben und nicht ständig von so einer genervt werden."

„Tja Richie, ich kann den Staatsanwalt anrufen und nach einer einstweiligen Verfügung wegen Stalking fragen. Mehr kann ich nicht tun und wirklich, ich glaube, sie ist halt total verliebt und das ist alles."

„Nein, Michi lass es. Ich werde mich doch noch irgendwie gegen so ein Weibsstück durchsetzen können."

Michi machte noch ein paar Fotos und fuhr dann mit Sandra zurück in die Winzerer Straße, wo Babsi wieder aufgetaucht war.

Sie waren kaum zur Tür herein, da ging es schon los: „Und hats ihm gefallen?" Michi entgegenete ihr energisch: „Babsi, das ist Stalking, du kommst vor Gericht, wenn du ihn nicht endlich in Ruhe lässt. Er will nichts von dir, akzeptier das doch endlich."

Babsi drehte sich um und ging in ihr Zimmer.

„Lass sie Michi, die soll sich jetzt erstmal beruhigen, wir können später noch einmal mit ihr reden. Hast Lust zum Surfen, ich hab ein neues Brett, was ich gerne probieren würde. Das steht nun schon seit Wochen im Keller."

„Gern Sandra, warum nicht. Es ist ja immerhin schon Samstag und eigentlich hab ich frei."

Sie gingen gemeinsam in den Keller hinunter und Sandra schloß die Türe auf. Als Sie sie öffnete, fiel Ihnen ein komischer Geruch auf.

„Hier riecht es aber streng", sagte Sandra. „Schau da hinten im Eck die Sporttasche." Michi zog die Sporttasche zu sich her und öffnete sie. Darin war ein Messer ein Neoprenanzug und ein Seil. „Das könnte die Tatwaffe sein, faß nix an Sandra." Er griff zum Handy und informierte seine Kollegen. „Michi, wart mir san glei do und bringan dspusi mid."

Eine Stunde später war der Keller voller Polizeibeamter. „Und woas ma vo wem des zeig is?", fragte Krocket.

„Nein keine Ahnung, auch Sandra konnte sich keinen Reim darauf machen. „Stangl hobts ihr wos gfundn?", fragte Steini. „Na nixn, koane verwertbaren Spurn. Ob an dem Seil Hautepitelien sand, lasst si nur schwer feststein bei dem Matrial.

Außerdem sand beide Enden sauber obgschnittn und ogsenkt." „Dann mias ma aufbassn, wer sie des Zeig hoid. Mir überwachma den Kella", sagte Krocket.

„Bis auf an Steini, Mi und an Michi olle raus do."

Die Beamten verließen den Keller wieder und verabredeten sich zur Überwachung. „Michi, des duad ma jetza leid, aber du muasst woi no mehra Überstundn macha", sagte Krocket.

Steini schlug vor, eine Kamera zu installieren, welche Bilder auf einen Monitor im Wagen sendete.

Michi und Krocket befürworteten die Idee und Steini wollte sich um die Organisation kümmern. Er rief im Präsidium an und bestellte einen Techniker. Zwei Stunden später war das Gerät installiert.

Sandra war schon länger in ihre Wonung zurückgekehrt und wurde von Uschi und Babsi gelöchert, was im Keller passiert sei. Sie gab bereitwillig Auskunft.

„Der Michi und ich haben eine Tasche in unserem Keller gefunden, mit Sachen drin, die dem Mörder gehören könnten. Und jetzt liegen sie auf der Lauer

und hoffen den Besitzer überraschen zu können."
Dann klingelte Sandras Handy: „Hi, ich bins Richie, gib mir mal den Michi?" „Der ist nicht hier. Ich kann dir aber seine Handynummer schicken."

„Gut dann mach das."

Sandra schickte Richie eine SMS mit Michis Telefonnummer. Kurz drauf klingelte bei ihm das Handy. „Michi?" „Ja" „Ich habe gerade einen Brief gefunden. Der war unter dem Altar. Da steht: „Morgen Früh 6 Uhr am Eisbach oder du bist tot." „Ok Richie, du bleibst wo du du bist. Wir holen dich ab."

Michi erzählte Krocket und Steini von dem Brief und rief Sandra. Gemeinsam fuhren sie zu Richie um ihn abzuholen.

„Hallo Richie", sagte Sandra, als er ihnen die Tür öffnete. Sie nahm ihn verständnivoll in den Arm. Die anderen begrüßten ihn und gingen hinein.

Kurz drauf trafen auch Krocket und Steini ein. „Michi, kand der Briaf vo dera Babsi sei?", fragte Steini. „Das können wir kaum sagen, er ist mit dem Computer geschrieben. Das andere Theater hier ist auf jeden Fall von ihr". Sandra meldete sich: „Ich kann mir nicht vorstellen, dass die Babsi der Mörder ist, die kann doch keiner Fliege was zu leide tun und mit Surfen hat sie auch nichts am Hut".

„Der Briaf muas auf jeden Foi schnei ind KTU, machst du des bitte Michi?", bat ihn Krocket.

„Ja, ich kümmere mich darum." Michi nahm den Brief und ging zus seinem Wagen. Steini und Krocket hatten bereits den Plan gefasst, dem Täter eine Falle zu stellen. Nur das Wie, war noch ein Problem. „Wir werden schon sehen ob sie die Täterin ist, auf jeden Fall werden wir eine Falle stellen", sagte krocket. „Das Problem ist, von uns kann keiner surfen." „Wir haben uns gefragt, ob Sie schon wieder fit genug wären, Herr Blumberger." „Ich denke schon", antwortete Richie. „Ok, dann werden wir Sie aus entsprechender Entfernung beobachten und wenn der Täter zuschlägt, dann haben wir ihn. Ihnen kann gar nichts passieren", sagte Steini. „Sie fahren morgen einfach in der Früh zum Eisbach und verhalten sich ganz normal, als ob nichts wäre. Wir sind gleich bei Ihnen, wenn was passiert", beruhigte Krocket ihn. Dann ging er auf den Balkon, um eine Zigarette zu rauchen.

„Sandra, wir warten nur noch den Michi und dann fahren wir wieder. Sie sollten morgen Früh zu Hause bleiben bitte. Mit Michi, dem Krocket und mir und den Uniformierten sind schon genug Leute da, ok?" „Ok, kein Problem, wenns nicht anders geht."
Nach einer Stunde klingelte es an der Tür und Michi kam zurück. „Oiso Michi, mir backmas wieder. Moing in da fria san mir aufm Parkplatz vo dem Museum und im Woid werdn sie verschiedene Beamte postieren", führte Krocket aus.
Dann fuhren er und Steini zurück Richtung Präsidium: „I glaub mir machma Feieromd. Moing in da fria mias ma schaung dassma um fünfe am Eisbach hand", sagte Steini. „Ok, i los die am Präsidium aussa und dann sog i no da Bereitschaft Bscheid und mir dreffma uns ummara hoibe fünfe im Präsidium." „Guad so machmas."

170

Am Präsidium stieg Steini aus und fuhr mit seinem eigenen Wagen nach Hause. Krocket ging zur Bereitschaft und informierte die Kollegen über das Vorgehen. Auf einer großen weißen Tafel malte er die Situation am Eisbach auf und zeigte genau an welchen Stellen sich die Kollegen verstecken sollten. Dabei achtete er darauf, dass die Positionen im Besondern bachabwärts waren, da man davon ausgehen musste, dass im Falle einer Flucht, der Täter diese Richtung wählen würde. Als alle ihre Fragen gestellt hatten und ausreichend informiert waren, wurde es bereits 18.30 Uhr.

Krocket dachte sich: „Samstag 18.30 Uhr, toll und wieder ein Wochenende verschißen."

Er schickte Anna eine SMS: „Hi Anna, für heute hab ich Schluß, wie geht's dir." Einige Minuten später bekam Krocket eine Antwort: „Geht so, du fehlst mir schon wieder. Was machst du heute Abend?" Krocket las die Antwort und rief Anna sofort an. „Servus Anna, magst mit mir zum Italiener gehn?" „Ui ja, gerne Krocket." „In einer halben Stunde bin ich bei dir, ok?" „Ja bis gleich, ich freu mich." Krocket legte auf. Beim Hinausgehen schlüpfte er noch schnell in ein frisches Shirt aus seinen Notfallschrank. Dann ging er zu seinem Wagen und fuhr Richtung Schwabing.

Bei Anna angekommen klingelte er an der Tür. Anna öffnete und bat ihn herein. Krocket ließ sich erstmal in die Couch fallen und stöhnte. „Ich bin völlig fertig." Krocket streckte sich. Als Anna sich zu ihm setzte und ihn zu streicheln begann, sagte er: „Bitte Anna jetzt nicht, ok, ich kann nicht, bin echt am Ende." „Schade", sagte Anna enttäuscht. „Ich bin doch so rollig." Anna begann sich selbst zu streicheln. „Hör auf Anna, das ist nicht fair." Sie intensivierte die Selbsttätschelei und zeigte Krocket dabei immer mehr Haut und Gefühl. Als sie sich vor ihm auf den Boden legte und ihren Zeigefinger in den Mund nahm und sich dabei liebkoste, hatte sie ihn.

„Scheiß Weiber, zi fix", sagte Krocket nur noch, zog sich aus, um Anna zu geben was sie sich sehnlichst wünschte. Einige Zeit später waren beide entspannt. „Ich habe einen Tisch um 20 Uhr, Anna." Es war bereits 19.15 Uhr. „Oh, dann muss ich mich ja schön machen. Nicht weglaufen Liebster." Anna ging unter die Dusche und Krocket zog sich wieder an. Als sie wieder zu ihm kam, traute er seinen Augen kaum. Sie trug ein kurzes schwarzes Cocktailkleid mit schwarzen High Heals und Lederbändern. Ihr Haar hatte sie hochgesteckt. Farblich passend glänzte ein sehr intensiv roter Lippenstift in ihrem wunderschönen Gesicht.

„Wow Anna, schaut geil aus." „Gefall ich dir, das war mein Ziel. Jetzt können wir gehen."

Anna und Krocket fuhren zu seinem Lieblingitaliener nach Pasing. Da Giovanni, ein für Liebhaber bekannter Szeneitaliener, der großen Wert auf ursprüngliche Küche legte, kannte Krocket schon seit vielen Jahren. Am Ende der Landsberger Straße bogen sie links ab und da waren sie auch schon. „Ciao Krocket, mein Freund", begrüßte Giovanni sie freundlich. „Servus Giovanni" „E que bella Donna." „Des isd Anna." „Welchen Tisch hast du uns reserviert?" „Vieni." Giovanni brachte sie an einen kleinen Tisch fürzwei2 in einem romantischen Eck im hinteren Teil des Restaurantes. „So was magst du denn." „Ich esse alles Krocket. Bestell du für mich das ist einfacher." Giovanni brachte einen Aperitiv. „Der gäd auffe Haus." „Was kannst du uns heute empfehlen?", fragte Krocket. „Also, isch habe Jakobsmuschel als Vorspeise oder ein Carpaccio oder eine Meeresfüchtesalat, dann ganz frische Spaghetti Vongole oder Spaghetti Mare oder Trotelini a Pesce Spada. Danach frische große Garnäle oder Dorade und als Nachtisch eine Tiramisu mit Erdbeeren oder Panna Cotta oder Crema Catalan. Krocket lief schon das Wasser im Mund zusammen. „Also dann bringst die Jacobsmuscheln, Spaghetti Vongole, die Garnelen und ein Tiramissu für beide. Was hast für einen Wein?" „Krocket nimmst du eine le Volte. Der ist nischt so teuär wie der Ornelaia, aber fast genauso gut." „Ok, so machen wir das und erst ein Helles, weil ich hab Durst." Anna schaute wie eine Schwalbe im Gewitter.

„Was schaust?" „Ich bin begeistert, du triffst genau meinen Geschmack. Ich liebe italienisches Essen." Anna trank ihren Apereriv aus und schmiß dabei, scheinbar unabsichtlich, ihre Serviette hinunter. Als Krocket sich hinunterbeugte, schlug Anna ihre Beine übereinander und er konnte kurz sehen, dass die kleine Maus keinen Wamst an hatte. „Jetza wird ma warm." „Warum Krocket?" „Du Ferkel hast keine Unterhose an." „Wirklich? Das hast du gesehen? Kann ich mir nicht vorstellen."

Von dem Gedanken geplagt, dass Anna offensichtlich auf ihre Unterwäsche verzichtet hatte, versuchte er seinen Gaumen zum Essen zu motivieren.

Nach den Jakobsmuscheln, die phantastisch kurz cross angebraten und innen noch glasig waren, stand Anna auf und ging auf die Toilette. „Ich mach mich kurz frisch, Schatz.", sagte sie.

Kurz drauf kam sie zurück. Giovanni brachte die Spaghetti Vongole. Was da auf dem Tisch stand war phantastisch. Die Spaghetti waren nur mit einem Bezug von Olivenöl, welches mit etwas Zitrone und Knoblauch montiert wurde überzogen. Die Muscheln hatten einen frischen zitronigen Geruch, der sich zum typischen Geschmack der Vongole entwickelte.

Anna versuchte die Muschel mit Messer und Gabel zu Essen. „Oft hast du das aber noch nicht gegessen, oder?", fragteKkrocket. „Nein, ehrlich gesagt ist es das erste Mal. „Also pass auf. Die Muscheln kannst du so in die Hand nehmen und dann schlüfst du das Fleisch aus der Muschel samt der Marinade." Sandra nahm die erste Muschel, öffnete ihren Mund.

Dann streckte sie ihre Zunge etwas hinaus und legte ihre Lippen um die Muschelhälfte. Dann saugte sie zärtlich das Muschelfleisch aus der Muschel hinaus. Krocket hatte so etwas noch nicht gesehen. „Das ist sehr erotisch was du da machst Anna. Du machst mich vollkommen verrückt." Irgendwann ließ Anna wieder zufällig ihre Serviette fallen und Krocket beugte sich nach ihr. Wieder schlug sie ihre Beine übereinander und Krocket hatte bereits eine hohe Erwartung, als sein Gesicht erstarrte und Anna zu lachen begann.

Was er gesehen hatte war ein rosa Frotee-Schlüpfer. „Und Schatz, was hast du gesehen", sagte Anna. „Nichts, gar nichts." Krocket holte kurz Luft. „Mei

Anna du spielst doch mit mir, oder?" „Ja Liebster ein Spiel, bei dem wir beide gewinnen werden."
Giovanni holte die leeren Teller ab und Anna stand wieder auf, um sich frisch zu machen.

„Bin gleich wieder da." Krocket leerte den Rest seines Bieres und schenkte ihnen Rotwein ein.

Als Anna zurückkam und sich wieder zu ihm setzte, wollte Krocket gleich unter den Tisch schauen. „Ah Ah Ah Ah, so nicht, du wartest", sagte Anna. Er schaute etwas enttäuscht. Da kamen die Garnelen. Große frische Tiger Prawns perfekt gebraten mit Knoblauch und Rosmarin. Sie staunten nicht schlecht. „Wo hast du die den her Giovanni", fragte Krocket. „Ganz frisch von neuem Lieferant." „Die schauen super aus, gell Anna?" „Wahnsinn und so cross und innen noch mit Biss. Besser geht es nicht."

Bevor Anna mit der zweiten Garnele begann, ließ sie wieder ihre Serviette fallen.

Doch Krocket bewegte sich nicht. Da hob Anna die Serviette selbst auf und sagte: „Ah du denkst, du kennst das Spiel." Anna stand auf und ging in Richtung eines anderen Gastes. Als sie die Serviette dort fallen ließ kam Krocket gerade noch rechtzeitig, um die Serviette aufzuheben, bevor sie ein anderer Gast erwischen konnte. Und dann musste Krocket laut lachen. Als sie zum Tisch zurückkamen sagte er: „Anna, du bist eine Luder." Was er gesehen hatte war eine Miami Vice-Short, die Anna unter ihrem Rock trug.

In Ruhe aßen sie nun ihre Garnelen bis auf den letzten Bissen auf.

Anna stand wieder auf und sagte: „Ich mach mich kurz frisch." Giovanni brachte das Tiramisu, was in einem Glas angerichtet war, ganz anders als normal. Unten waren Cantuccini, die in Cognac und Orangensaft getränkt wurden. Darüber eine Mascarpone-Creme mit Erdbeeren.

Anna kam zurück zum Tisch und ließ sofort die Serviette fallen. Krocket hob sie auf und gab sie Anna zurück. Sie lächelte und nahm den ersten Löffel der Nachspeise. „Du hast dem Kätzchen rote Lippen gemacht." „Das Kätzchen will schmusen." Krocket drehte fast durch. Seine Hormone gingen mit ihm durch. Leider musste er aber noch den Nachtisch essen. Als Giovanni den Espresso brachte, bestellte er sofort die Rechnung. Nach dem er Giovanni hektisch ein paar Scheine hingelegt hatte, zog er Anna aus dem Lokal und in seinen Wagen.

Sie fuhren zurück in Richtung Innenstadt. Als sie in der Georgenstraße ankamen war es bereits 23.45 Uhr: „Anna ich muss morgen um halb fünf am Präsidium sein. Ich brauch ein wenig Schlaf."

„Dann komm doch mit hoch und ich sing dich in den Schlaf. Sie gingen hinauf und legten sich gleich hin. Und tatsächlich kuschelte sich Anna nur noch an Krocket und begann ein Lied zu summen.

Krockets Kopf war allerdings voll mit den Bildern aus dem Lokal. Kurz entschlossen begann er mit dem Kätzchen zu schmusen. Der Lippenstift schmeckte nach Kirschen. Annas Bauch bekam kleine Schweißperlen und sie kicherte immer wieder, bis sich ihr ganzer Körper aufbäumte um wieder in sich zusammenzusacken. Krocket legte sich wieder neben sie und sie schlief in seinen Armen ein. Um 4 Uhr begann Krockets Handy zu läuten. Er tat sich schwer mit dem Aufstehen, wusste aber dass es nichts half. Er putzte sich noch kurz die Zähne, sprang in seine Klamotten, gab Anna einen Abschiedskuß und verschwand.

Im Präsidium hatten sich bereits alle Beteiligten um Steini herum versammelt.

Er ließ sich die Details erörtern, die sie am Tag zuvor mit Krocket abgestimmt hatten. „Moang", sagte Krocket als er dazu kam. Er überprüfte nochmals den Wissensstand aller Beteiligten, um auf Nummer sicher zu gehen.

Um 5:15 Uhr war alles organisiert und sie stiegen in die Einsatzfahrzeuge: „Steini, host du mibm Michi numoi gred?" „Ja er kimd direkt hi losst si vom Richie aber vorher absetzen, dassn koana segt. Dann kimmda zu uns ummi." Die Beamten schwärmten aus besetzten ihre Positionen. Anspannung überkam sie. Jeder war auf das Schlimmste gefaßt.

Um kurz vor 6 hielt Richies Wagen an der Eisbachbrücke und er stieg aus. Aus seinem Kofferraum nahm er Neopren und Brett und ging zum Eisbach hinunter. Zeitgleich stieß Michi zu seinen Kollegen hinzu. „Guten Morgen." „Servus Michi", begrüßten sie ihn. Steini beobachtete alles mit seinem Fernglas. „Jetza mochta sie warm." „Konst wos auffälligs seng." „Na nix ois normoi."

Richie sprang auf das Brett und kurvte in die Welle. Plötzlich, wie aus dem nichts, tauchte ein scheinbar riesiger Taucher neben ihm auf und griff nach seinem Bein, wickelte eine Schlinge darum und schmiß ihn

ins Wasser. Am Seil ziehend hielt der Täter Richie mit dem Kopf unter Wasser. Die Beamten stürmten sofort Richtung Eisbach. Als der Täter sie sah, tauchte er unter und alle folgten ihm bachabwärts, doch er war verschwunden. Richie konnte sich mit letzter Kraft aus dem Wasser retten. Völlig außer Atem kam Michi hinzu: „Alles klar Richie?" Er würgte und spukte Wasser. „Ja geht schon." „Hast du jemanden erkannt?" „Nein gar nichts. Es ging alles so schnell." Krocket und Steini schauten sich den Tatort genau an. „Do is nix", sagte Steini. „Gar nix." Krocket zog sich aus: „Spinnst Du? Was soidn des?" „I spring jetza do eini und dann suach i so long bis i wos gfundn hob. „Woast du wia koid das des is?" „Des is mir scheiß egal."
Krocket sprang hinein und hatte grosse Mühe sich zu halten. Und tatsächlich konnte er etwas finden.
„Schaug Steini, do is no a Seil" „Wohi gädn des?"
„I glab bis unter die Bruck." Krocket zog sich an dem Seil bis unter die Brücke und sah, daß man hier bis weit unter die Prinzregentenstraße verschwinden konnte. Er ließ sich zurücktreiben und hielt sich dabei am Seil fest. Wieder aus dem Wasser, brachten uniformierte Kollegen gleich eine Decke. „Saukoid der Scheißboch. Der is in die andere Richdung obghaut, desweng homman neda kriagt." „Und jetza?", fragte Steini. „I woas neda. Mir kemma a boa Bolizeidaucha kemma lossn, die des ganze obsuachan aber in dem Wasser wärst du koani Spurn findn." „Wos isn mit dera Ausristung im kella in der Winzerer?" „Ich ruf schnell Sandra an", sagte Michi und ging auf die Seite. „Die soll nachschauen." Ein paar Minuten später wendete er sich wieder den Kollegen zu: „Alles da."

„Ok, dann bleibt nur oans, am Richie drobleibm, sorry Herr Blumberger, a zeidl werns uns no ertrong miassn." „Basst scho, aber findet den Typen bitte. Es ist langsam nicht mehr lustig."

Die Beamten zogen ab und Michi fuhr mit Richie nach Hause. „Wie ist das denn so als Polizist? Ich meine es ist Sonntag und ihr arbeitet immer noch." „Naja, bei einem Mord sagt man, dass die ersten 48 Stunden die größte Chance zur Aufklärung bieten. Gut der 22.7. ist schon fast zwei Wochen her, aber wir müßen dran bleiben und der Täter hat es offensichtlich auf dich abgesehen, also bist du in Gefahr und gleichzeitig die einzige Spur."

Als sie bei Richie ankamen, begann der erst mal seine Wohnung aufzuräumen. Michi setzte sich derweil auf die Couch und rief Sandra an: „Hi, ich bin jetzt beim Richie. Er is uns entwischt." „Soll ich auch kommen?" „Vielleicht kommen wir besser zu dir?" „Also mehr Platz wäre bei uns." „Richie, die Sandra meint es ist besser wir treffen uns bei ihr. Da haben alle Platz." „Mir ist das egal, von mir aus." Dann klingelte plötzlich Richies Handy: „Servus da ist der Harry, am Mariasteig baut sich gerade eine Welle auf. Aha und wie lange. Noch 3-4 Stunden. Das ist ja spitze. Freilich bin ich dabei, wir sehen uns dort, servus." Richie legte auf. „Planänderung, wir fahren zum Mariasteig da baut sich gerade eine Riesenwelle auf, ruf Sandra an, daß wir sie abholen."

Michi gab Sandra Bescheid. Die packte ihr Zeug zusammen und wartete auf der Straße auf ihre Surffreunde.

Als Richie und Michi ankamen packten sie alles ins Auto und los gings. Am Mariasteig angekommen war bereits viel los. Die Surfer begrüßten sich und besprachen die Lage. „Sandra, was machen die denn da alles?", fragte Michi. „Es ist so, das ist ziemlich gefährlich, weil sie nicht wissen wie viel Geröll mitgekommen ist und warum sich die Welle so hoch aufbaut. Die, die schon im Wasser waren, sagen den anderen wo es sicher ist." „Ah ok, verstanden." Richie machte sich fertig und sprang in die Fluten.
Sie schauten ihm gespannt zu. Ein echter Könner! Immer wieder zog er das Brett hin und her.
Ein Sprung folgte dem anderen. Dann zog sich Sandra um: „Bist du dir sicher Sandra? Das ist doch viel zu gefählich." „Ich muss das machen, es hilft nix. Heute ist mein Tag." Auch Sandra stürzte sich in die Welle und zeigte was sie konnte. Michi war so stolz auf sie. Nach einiger Zeit flachte das Wasser ab und die Welle verschwand. Also enstchlossen sich alle nach Hause zu gehen.
Die drei fuhren wieder zurück in die Winzerer Straße. Dort angekommen nahm Richi alle Neoprens mit auf den Balkon und hing sie auf, als er plötzlich einen Schubser von hinten spürte und drohte den Balkon hinunter zu fallen. Er konnte sich gerade noch am Geländer halten. „Hilfe, helft mir Hilfe" Sandra und Michi eilten herbei und sahen wie Richie am Geländer hing. Beide packten mit an und hatten große Mühen ihn hinaufzuziehen. Als er wieder sicher auf dem Balkon stand, drehte Michi sich um und sah wie gerade jemand im Treppenhaus verschwand. Er rannte hinterher. Als er vorm Haus ankam war der Angreifer

wie vom Erdboden verschluckt. Michi ärgerte sich.
Sandra rief vom Balkon herunter: „Hast du ihn, wo ist
er." „Ich war zu langesam, er ist weg Sandra. Ich
komm wieder rauf."
Als er in der ersten Etage auf den nächsten Treppen-
absatz schritt, wurde es plötzlich dunkel um ihn.

Wieder bei Bewußtsein, fand er sich im Krankenhaus
wieder und sein Kollege Krocket stand neben ihm.
„Wos machstn fia sachan Michi." „Ahh Scheiße tut
mein Kopf weh. Was ist denn passiert?" „Jemand hod
die niergschlong im Treppenhaus in da Winzerer
Stroß. Dann isa ind Wohnung hod Sandra mid Äter
betäubt und den Richie entführt." „Oh Mann, ich
habs wohl gründlich versaut. Wo ist Sandra jetzt?"
„Da Steini is bei ira und bosst auf." „Hat man schon
was gehört irgendeine Forderung?" „Na no nix. Mir
wartn drauf." Als Michi versuchte aufzustehen hielt
Krocket ihn fest: Stop amoi, du bleibst do, mir machma des ab jetza.
Du host a Hirnerschütterung, des dauert a Zeidl."
Michi setzte sich trotz aller Gegenwehr durch verließ
das Kankenhaus in Krockets Bgleitung Richtung
Sandra. Mittlerweile war es Sonntag um 19.45 Uhr.
Wieder in der Wohnung Winzerer Straße versuchten
sie, die nächsten Schritte zu planen.
Planlos und ohne weitere Idee begannen sie alles
nochmals zu analysieren. „Wos hodn die Handyüber-
wachung vom Richie ergebn?" „Nix Krocket, aus-
gschoitn." „Es muss doch etwas geben was wir tun
können", sagte Sandra, als Uschi hineinkam. „Schauts
mal alle her, diesen Plan hab ich bei Babsi gefunden."

Es war ein Plan des Eisbachs mit allen Brücken und Unterführungen." „Komisch wos wui denn die damit, die hod doch gar nix damit zum dua oder doch."
Sandra stand auf und ging mit verschränkten Armen zum Fenster. „Vielleicht doch", sagte sie leise.
„Und wenn, wo könnte die denn sein und wo könnte sie den Richie verstecken, jetzt denken Sie doch nochmal nach bitte."
Alle brüteten über dem Plan und Sandra versuchte händeringend, sich etwas einfallen zu lassen.
Sie kamen nicht voran und waren ratlos.
„Ok, dann die große Nummer. Hundestaffel und den kompletten Bach samt die Unterführungen absuchen. Haben wir Klammottn von der Basbsi und vom Richie da, damit die Hunde eine Spur aufnehmen können?", fragte Steini.
„Ja alles da, ich hol es Ihnen." Sandra holte ein Shirt von Babsi und das Softshell von Richi. Steini, Krocket und Michi begaben sich zu Krockets Wagen. Von unterwegs rief Steini bei der Bereitschaft an und forderte Hundestaffel, Taucher und zehn Beamte mit Suchstangen.
Wenig später standen alle an der Eisbachbrücke zur Verfügung. Krocket und Steini wiesen die Beamten ein. „Die oana Hund indn Park am Eisbach entlang, die andern ans Ende vo der Bachunterführung jenseits der Prinzregentenstraß", ordnete Krocket an.
„Die Kollegen mid die Stangan am Boch entlang und noch Beweise oder Laichen stochan. Die Daucha an dera Brugga und drunta suacha und los", sagte Steini.
„Und wos machma mir", fragte Michi. „Mia, des is a guade frog." „I gä mid die Hund bachabwärts und du

Steini gäst zu die andern ummi, Michi Du gäsd mid die Stangaleid mid, schlug Krocket vor.

So taten sie es. Bis zum Einbruch der Dunkelheit wurde nichts gefunden.

Es war 22.20 Uhr, als sie die Suche abbrechen mußsten. „Ok alle a moi herhhörn, mir machma moing ab sechse weida", vereinbarte Steini mit den Kollegen. Die Beamten sammelten ihre Ausrüstung ein und verschwanden wieder in Richtung Präsidium. Krocket fragte Michi und Steini: „Und gäd no a Bier, i hob an Durscht und muas a weng obakemma." „Bei mir is eh scho wurscht. D'Rita und die gloa schloffan gwiss scho", sagte Steini. „Ich komme gerne mit. Die Sandra hält es bestimmt auch mal ohne mich aus." „Oiso Backmas." „Und wohi?", fragte Steini. „In mei Stammkneipn?" „Ok wenns ned anders gäd." In der Dachauer angekommen parkte Krocket in der Nähe seines Lofts und sie gingen zu Briggs in die Kneipe.

Es waren noch einige Gäste da und als Briggs sie sah kam sie gleich hinter der Bar raus und ging auf Krocket zu. Sie begrüßten sich herzlich und Briggs sagte zu Steini: „Ah, der Herr Kommissar läßt sich auch mal wieder blicken." Steini gab Briggs etwas schüchtern die Hand.

„Und wer ist der junge Mann der euren Atersdurchschnitt so senkt?"

„Ich bin der Michi, ein Kollege." „So Krocket, wie immer?" „Ja Briggs drei Halbe und für mich einen Schnaps und gibts noch Fleischpflanzerl?" „Freilich, bring ich Euch gleich."

Briggs ging wieder hinter die Bar und zapfte das Bier. Michi schaute etwas verduzt aufgrund des anwesenden Publikums.

„Denk da nix Michi ois verlorene Seelen. Sog a moi Steini, wos host Du die Briggs a so ogschaut. Gibts do wos wos i wissn miassad?"

„Na ned wirklich Krocket." „Steini sogs, sofort." Steini lehnte sich zu Krocket hinüber und flüsterte ihm ins Ohr während Briggs das Bier brachte. „Wiafui Fleischpflanzerl?" „Bring a moi zehne", sagte Krocket.
„Oiso bass auf. Wia die Briggs no im Chez Monique garbat hod, doooo, naja do wari verschiedene Abende do und hob den Hartlinga beobachtet, quasi undercover. Und dann samma uns näher kumma. I war ja no neda mit da Rita beinander und sie is hoid a hoasse gwen. Und dann hamma, du woast scho Krocket."

„Wos du a, so a Maz und sogt mir nix zi fix." Briggs stand in der kleinen Küche hinter der Bar und beobachtete den Gastraum wegen möglichen Bestellungen, währendsie die Fleischpflanzerl briet.

Als Krocket und Steini zu ihr hinüberschauten, warf sie beiden einen Kuß zu. Michi war einigermaßen verwirrt und fragte: „Hat das was Besonderes zu bedeuten?" „Äh na Michi, mir kemma uns hoid scho länger, woast." Briggs brachte die Fleischpflanzerl: „So ihr Süssen eure Brotzeit."

Sie stellte alles auf den Tisch und gab Steini und Krocket einen Klaps auf den Hintern.

Michi sagte: „Ahhh, so lange kennt ihr euch schon." Alle lachten. Sie tranken noch das eine oder andere Bier und unterhielten sich über den Fall. Irgendwann, es wird wohl schon fast zwei gewesen sein, wollte Briggs zusperren.

Obgleich der vergessenen Zeit beschlossen sie, alle bei Krocket zu übernachten, und morgen gemeinsam, zum vereinbarten Treffpunkt zu fahren. Krocket in seinem Bett, Steini auf der Couch und Michi in der Badewanne, das war die Aufstellung für die Nacht-partie gegen zehn halbe Bier. Um 5 Uhr läutete Kro-ckets Wecker. Wie schon so oft hatte er den Eindruck er sei die ganze Nacht von einer dicken Frau erdrückt worden, so tat ihm alles weh.

Er stand auf, nahm den letzten Schluck aus einer Bier-flasche und weckte die Kollegen. Nachdem sich alle gesammelt hatten und ihre Sinne wieder beinander waren, fuhren sie zum Eisbach.

Die Bereitschaft war bereits da und hatte mit der Suche begonnen. Es dauerte zwei Stunden bis sich ein Taucher aus der Unterführung meldete: „Isar 480/7 an Basis." „Basis hört" „Hier ist irgendein Quergang, da ist eine Tür davor mit einem nagelneuen Schloss" „Verstanden 480/7." Krocket, Steini und Michi hatten mitgehört. „I hoi ma an Anzug und gä do eini", sagte Krocket. „I gä mit", sagte Steini. „Ich warte hier, falls ihr etwas brauchts", meinte Michi. Nachdem sie zwei passende Anzüge organisiert hatten, waateten sie zu den Tauchern in die Unterführung des Eisbaches. „Öffnen", sagte Steini. Zwei Taucher nahmen ein Brecheisen und brachen die Tür auf. Sie trauten ihren Augen kaum. Eine kurze steile Treppe führte zu ei-nem andern Raum hinauf, dort oben lag Richie, auf seinem Surfbrett festgebunden, wie zur Hinrichtung vorbereitet. Sie befreiten ihn und brachten ihn nach draußen. „Wer war des, wissens das diesmal?", fragte Steini.

„Ich bin mir nicht sicher, aber ich glaube die Babsi wars", antwortete Richie. „Wie kommen Sie darauf?" „Eine so fette Kuh vergess ich nicht so leicht und so eine Statur hat nur die Babsi" „Ok, merci, bringtsn ins Grangahaus", sagte Steini. „Und wos machma jetza", fragte Krocket. „Wir stellen der Babsi eine Falle. Ich lege mich als Richie auf das Brett und wenn sie zurück kommt, dann schnappen wir sie", schlug der junge Kollege vor. „Bist da ganz sicher, dass du des doa mechadsd?", fragte Steini. „Ja ich machs." Sie brachten Michi zurück in das Gewölbe. Er legte sich auf das Surfbrett und tat so als ob er gefesselt wäre. Seinen Kopf drehte er so auf die Seite, daß man ihn nicht von der Treppe aus sehen konnte. Steini versteckte sich in einem toten Winkel, in dem er im Schatten der Decke verschwinden konnte. Sie vereinbarten, sich ein Signal mit dem Funkgerät zu geben. Das Signal sollte das zweimalige drücken der Sprechtaste sein, was als kurzes Klacken zu hören war.

Krocket ging wieder hinaus und versteckte sich hinter einem Baum. Es war später Nachmittag geworden und immer noch nichts passiert, als man in der Ferne ein Gewitter hörte.

Der Bach fing langsam an zu steigen und Krocket machte sich Sorgen.

Wenn nicht bald etwas passieren würde, müßten sie abbrechen und der Täter davon ausgehen, daß Richie tot sei.

Dann klackte es zweimal im Lautsprecher seines Funkgeräts. Das war das Signal, daß sich etwas rührte. Die Spannung bei Steini und Michi stieg ins Unerträgliche, man hätte die Luft schneiden können.

Steini hielt seine Waffe wie versteinert in der Hand und Michi konnte nur daran denken was er tun würde, wenn sie plötzlich vor ihm stünde.

Steini sah wie sich jemand die steilen Stufen hinaufarbeitete und zu Michi schate. Dann wurden die Umrisse immer größer und Babsi kam langsanm näher. Steini wollte warten bis sie in Reichweite für einen Zugriff war.

Das Wasser stieg derweilen bedrohlich weiter und war bereits am Sockel der Treppe angekommen.

Als die vermeintliche Täterin ein Messer zog und auf Michi losgehen wollte, drehte dieser sich weg und Steini rief: „Polizei, sofort aufhören." Sie hörte ihm nicht zu und warf sich auf Michi. Die zwei wälzten sich am Boden. In dem Moment als Steini eingreifen wollte, brach eine große Menge Wasser herein.

In Kürze gäbe es keine Luft zum Atmen mehr und es war allen klar, dass sie hier raus mußten, sonst würden sie ertrinken.

Michi und Babsi verschwanden plötzlich unter Wasser. Steini nahm noch einmal tief Luft und tauchte hinunter. Der Sog der Strömung zog ihn unter die Brücke und hinaus in den Eisbach. Als er auftauchte, sah ihn Krocket: „Steini", rief er nur und kniete sich ans Ufer, um ihm seine Hand zu reichen.

Doch die Strömung war zu stark. Krocket lief etwas bachabwärts und griff zu einem stabilen Ast, den er quer über den Bach legte. Als Steini dort ankam, konnte er sich festhalten und aus dem Wasser ziehen. „Krocket", sagte Steini außer Atem, „Der Michi is no unt." „Do konn koana mehr eini", bekam er zur Antwort. Sie gingen zurück Richtung Brücke. Die nächsten Sekunden schienen wie endlose Stunden nicht zu vergehen, als Michi plötzlich auftauchte. Mit einem großen Atemzug stoch er aus der Welle. Krocket und Steini sprangen zusammen zum Ufer. Mit allerletzter Kraft schafften Sie es, Michi aus dem Wasser zu ziehen. „Michi, ois klar?", sagte Krocket. Er war völlig außer Atem: „Ich konnte mich gerade noch befreien. Babsi blieb zurück und ich habe sie aus den Augen verloren als mich der Sog hierher zog. Da geht uns im Moment kein Taucher runter. Wir müssen warten."

Plötzlich machte es neben ihnen ein Geräusch, als ob eine große Luftblase auftauchte. Da schwamm ein regloser Körper. Steini und Krocket liefen bachabwärts hinterher.

Dort wo Krocket bereits den Ast über den Bach gelegt hatte blieb der Körper hängen und sie konnten ihn aus dem Wasser ziehen. Es war tatsächlich Babsi. „Koa Puls", sagte Steini. „Ok, dann versuachmas wiederzumbelebn." Steini fing an, ihr Herz zu massieren während Krocket sie Mund zu Mund beatmete. Mit einmal, spukte sie Wasser. Sie drehten sie auf die Seite so daß sie alles ausspucken konnte. Noch hustend sagte sie: „Hättet ihr mich nur sterben lassen, ich hab es nicht verdient zu leben." Krocket griff zum

Handy und rief einen Krankenwagen. Dann ließen sie sich alle mehr oder weniger erschöpft fallen.

Babsi lag mit dem Kopf auf Steinis Oberschenkel. Michi saß daneben und Krocket stand angelehnt an eimem Baum und rauchte eine Zigarette. Neben ihnen schlengelte sich der Eisbach durch den Englischen Garten. Als Babsi abgeholt wurde, schickte Krocket zwei Beamte mit. „Ins Grangahaus und aufbassen das ned davo lafft, mir meidma uns."

Kurze Zeit drauf konnten sie wieder zurück ins Präsidium fahren. Michi ging wieder zur Bereitschaft, Krocket und Steini machten sich ans Bericht schreiben, als Kriminaldirektor Schmitz zur Türe hineinkam. „Na meine Herren, dann darf man wohl zum gelösten Fall gratulieren." „Schaud so aus", sagte Steini. „Ich habe heute die dritte Planstelle genehmigt bekommen. Die Bewerber dafür schauen wir uns in den nächsten Wochen gemeinsam an. Ich hoffe wir können einen versierten Kollegen oder eine Kollegin für Sie gewinnen." „I häd do scho oan im Aug", sagte Krocket.

„Moanst du des is der gleiche den i a im Aug hob", sagte Steini.

„Ja dann Herr Kriminaldirektor, dann hätten wir gerne den Herrn Huber von der Bereitschaft, wenn nix dagegn spricht. Der hat uns so gut unterstützt und würde prima zu uns passen."

„Ja, wenn Sie meinen meine Herren und er Interesse hat, dann soll er sich bewerben." Schmitz drehte sich um und ging wieder hinaus. Steini nahm den Hörer seines Telefons und rief bei Michi an. „Servus Michi, kim a moi bitte bei uns vorbei." „Ok Steini, bin schon auf dem Weg." „Servus", sagte Michi als er zur Tür hineinkam. „Sog a moi, dad dir des gfoin bei uns mid zum Macha?"

„Wie meinst du jetzt das Krocket?" „Mir ham no a Stäi frei und da Schmitz warad einverstandn wennst di bewirbst. Is quasi nur a Formsach, wennst Lust host", erkläte Krocket.

„Also ja, gerne." „Sauguad, dann herzlich willkommen, Schick dem Schmitz a Mail und dann schaugst, dasd den Schreibdisch do hind so schnei wia möglich eiramst und dann gäds los", lud Steini ihn ein.

„Und mir fahrma jetza a moi ins Grangahaus und sprächma mit dera Verucktn." Die zwei gingen hinunter auf den Parkplatz und stiegen in Krockets Wagen. Dann blubberten sie vom Hof Richtung „Rechts der Isar". Im Krankenhaus angekommen, erkundigten sie sich nach der Station und gingen zu Babsis Zimmer. Dort saß, wie angeordnet, ein Kollege vor der Türe. „Und war wos", fragte Steini. „Na nixn ois ruhig." Krocket klopfte und öffnete die Tür. Sofort drehte Babsi sich von ihnen weg. „Frau Hornburger, wir hätten da noch ein paar Fragen", sagte Steini. „Wollen Sie nicht mit uns reden?", fragte Krocket sie. Sie machte keinen einzigen Muxer.

Nach weiteren Kommunikationsversuchen gingen sie wieder hinaus und beratschlagten was zu tun wäre. Sollten sie einen Psychologen organisieren oder einen Anwalt oder villeicht ihre Freundin Sandra anrufen? Sie entschieden sich für letzteres. Sandra war sofort bereit zu helfen und kam kurz drauf ins Krankenhaus. Als sie sich zu Babsi aufs Bett setzte, umarmte sie sie ganz intensiv. „Babsi erzähl doch was los ist, warum denn das alles, das kanns doch nicht sein.

Der Paul tod und der Richie fast draufgegangen. Warum in aller Welt hast du das getan?"

Endlich besann sich Babsi und versuchte Sandra alles zu erklären. „Als du dem Paul einen Korb gegeben hast, dachte ich mir dann nehm ich ihn, bei dir ist er ja abgeblitzt." „Ja und wie hast du dir das vorgestellt?" „Eines Tages, hab ich zu ihm gesagt, wir könnten doch mal zusammen weggehen, in einen Club oder in ein Café." „Und was hat er gesagt?" „Er sagte tatsächlich gleich ja und wir verabredeten uns. Als wir an dem Abend ins Barrigan gegangen sind, war es tötal schön. Wir haben getanzt und hatten viel Spaß. Auf dem nach Hause-Weg hielt er am Feldmochinger Weiher und öffnete seine Hose. Ich könnte ihm einen Blasen wenn ich wollen würde." „Und das hast du gemacht?" „Klar, was hätt ich denn sonst tun sollen, ich hatte ja auch Bock drauf." „Ja und dann?" „Als er fertig war, wollte ich mit ihm Schmusen und, daß er es mir auch macht." „Und hat er?" „Nein, hat er nicht. Er hatte komische Ausreden, warum er nach Hause musste und was und wie nicht ginge. Und das lief jedes Mal so ab." „Wieso jedes Mal, kam das noch öfter vor?"

„Klar, fast täglich wollte er, dass ich ihn oral befriedige und ich blieb immer auf der Strecke." „Und dann wolltest du ihn umbringen?" Nein, damit kam ich ja noch klar, nur eines Tages hatten sie mich in Pauls Wohnung eingeladen und da war außer dem Paul auch noch Richie und einige andere Typen und Mädels da. Sie gaben mir einige Drinks und dann fingen sie an rumzumachen und sich auszuziehen. Ich sollte dann erst dem Richie und dann den anderen einen

Blasen und als ich das nicht wollte, fingen sie an mich zu beleidigen. Fette Kuh, dir steckt ihn eh keiner rein, niemals.

Wirst immer Jungfrau bleiben und die Mädels lachten mich aus. Dann bin ich davon gelaufen und schwor Rache."

„Aber du bist doch noch weiter dem Richie nachgelaufen." „Die Drecksau hat sich bei mir entschuldigt und es sich weiter von mir besorgen lassen. Und dann hat er mich gezwungen mich mit einer Gurke zu befriedigen und sagte mir nur noch, daß ich maximal besser als eine Gummipuppe wäre und dann war es aus. Und das war kurz bevor ich ihm die Bremsschläuche durchgeschnitten habe." „Aber dann hast du doch das mit den Rosen und dem Altar gemacht und ihn im Krankenhaus besucht?" „Ich wollte ihm noch eine Chance geben, er ist doch so süß. Aber sie haben mich einfach schamlos ausgenutzt und mich aufs innerste verletzt. Das konnte ich so nicht akzeptieren." „Mensch Babsi, hättest du nur etwas erzählt, ich hätte dir geholfen." Sandra stand auf und ging zu den Beamten auf den Flur. Sie erzählte ihnen alles. „Villeicht bekommt sie ja nur Totschlag im Affekt, aber sicher ist das nicht, so ein armes Luder", sagte Steini. „Mir gemma jetza aber zu dem Richie", der is fällig. Sie gingen eine Abteilung weiter, wo Richie noch zur Beaobachtung lag. „Grüß Gott Herr Blumberger." „Ah Polizei, dein Freund und Helfer. Ich darf bald heim."

„Das glaube ich nicht", sagte Krocket. „Sie sind vorläufig festgenommen, wegen Vergewaltigung der Frau Hornburger." „So ein Schmarrn." „Wir haben ihre Aussage und die ist absolut glaubwürdig, dass Sie sich nicht schämen. Also, wenn Sie entlassen werden, wartet draußen schon ein Kollege und bringt sie aufs Präsidium. Auf Wiederschaun", Steini grinste. Sie verließen das Krankenhaus und stiegen wieder in Krockets Wagen.

„Ganz sche aufregend Krocket findsd neda?" „Jo aber sonst warads doch fad oder?" „Ja genau. Aber fia heid is Schluß. Fahrst mi no ins Präsidium und dann seng ma uns Moang."
Krocket fuhr Steini im Präsidium vorbei und dann weiter zu Anna. Während sich der eine auf seine Familie freute, wollte der andere mit Anna einen schönen Abend verbringen.

Einige Monate später: Babsi wurde zu acht Jahren Haft wegen Totschlags im Affekt verurteilt. Richie Blumberger zu drei Jahren wegen Vergewaltigung. Luca Seisenberger bekam zwei Jahre auf Bewährung wegen Körperverletzung und versuchter Erpressung. Traugott von Kramerstein konnte seinen Sohn Peter und sich gegen eine Zahlung von 100.000 Euro an eine Stiftung für Sexsüchtige, komplett aus der Affäre ziehen.
Beide haben der Studentenverbindung den Rücken gekehrt. Ob es dort noch Parties gibt, weiß kein Mensch. Vielleicht ruft hr einfach mal die Nummer an? Bis demnächst, wenn es wider heißt: „Backmas mir ham an Foi."

ENDE

Digschnäri – Wennst wos ned verstäst ..

Übersetzungen – Wenn Du etwas nicht verstehst.

Seite7
." „Du moanst a Kontahoibe dad heiffa?"
Trink lieber noch ein Bier gegen das letzte von ges-
tern, das wird Dir helfen.

Seite8
„Warum? wos hostn gega mein 78er Camaro, der is
doch supa." „Des is doch peinlich, die hoitn uns für
Zuahäita und koane Bolizistn."

Warum? Was hast Du denn gegen meinen Camaro
von 1978. Der ist doch toll. Es ist doch peinlich, die
halten und doch für Zuhälter und keine Polizisten.

Seite 11
„Hääää Trachtler, bring die Leid wegga und sperr im
200 Meter Umkreis ois ob. Mid deim schena Bandl"

Hallo lieber uniformierter Kollege, schicken Sie doch
bitte die Schaulustigen weg und sperren alles im Um-
kreis von 200 Metern ab. Nehmen Sie dazu das tolle
Absperrband, was sie dabei haben.

Seite 18

„Sche is scho unser Minga", sagte Steini. „Freili, wos anders kimt äh neda ind Ditn. Ausser Miami vielleicht",

Schön ist es schon unser München. Freilich, was anderes kommt auch gar nicht in die Tüte, ausser Miami vielleicht.

Seite 30

: „Ach Du scheise die Oide oh mann hob is doch schegsuffa zi fix des woid i ned

AchDu Scheiße die Alte, habe ich sie mir doch schöngetrunken. Kruzifix das wollte ich nicht.

Seite 32

„Jetzt spann uns ned aufd Foita, sog scho." „Die DNA basst zu oana DNA vom Sperma vom Bett aber a irgenwia a zu am Hoar."

Jetzt spann uns nicht auf die Folter, sag schon. Die DNA passt zu einer DNA vom Sperma vom Bett, aber irgendwie auch zu einem Haar.

Seite 35/36

„I moan mir bringma jetza die Kondome zum Doc, dassma a DNA-Analyse kriang. Und dann bstäi ma die Zeign nomoi ei."

Ich meine wir bringen jetzt die Kondome zum Doktor damit wir eine DANN-Analyse bekommen. Und dann lassen wir die Zeugen nochmal kommen.

Seite 37

Dara gwusst hod, dass um die Zeid koana do is und nur da Wiedmann so bläd, so fria zum Surfn zum geh, hoda sie im Wossa verstecka kenna

Weil er wusste, dass um diese Zeit keiner da sein würde und nur der Wiedmann so dumm schien so früh zum Surfen zu gehen, konnte er sich im Wasser verstecken.

Seite 38

„Hääa Krocket Du host Bsuach, här zum Dramma auf."

Hallo Krocket, Du hast Besuch, hör mit dem Träumen auf.

Seite 39

„Du wos riachtn do a so, so nach Gummi", sagte Stangl. „Scheiße, die Kondome sand no immer in meine Sockan. Pfui Deifi."

Du was riecht hier denn so nach Gummi? So ein Mist, die Kondome sind immer noch in meinen Socken. Pfui Teufel.

Seite 40

„Bei mir hods a nix neis gebm. Die Hintersberger hod nur gmoant, es warad so komisch still gwen als sie zum Tatort kemma is. Und sonst waradn immer d'Vägl do."

Bei mir gibt es auch nichts Neues. Die Frau Hintersberger hat nur gemeint es wäre komisch still gewesen als sie zum Tatort gekommen ist. Und sonst seien da immer Vögel da gewesen.

Seite 47

„I red midm Staatsowoid. An Schmitz hob i leida ned daglanga kenna",

Ich rede mit dem Staatsanwalt. Herrn Schmitz konnte ich leider nicht erreichen.

„Des konnst ma glaub. Die vo dera BetaAlpha ham richtige sexparties organisiert.

Das kannst Du mir glauben. Die von der BetaAlpha haben richtige Sexparties organisiert.

Wennst bei derer Nummer oruafst songs da genau o wo die nexte is und wos bassiert.

Wenn Du bei der Telefonnummer anrufst sagen sie die genau wo die nächste Party ist und was da los ist.

Der Wiedmann war für die Organisation zuständig und hod a namhafte Gschäftsläid eilodn miassn, die dann für die Verbindung spendn soitn.

Der Herr Wiedmann war für die Organisation zuständig und musste auch namhafte Geschäftsleute einladen, die dann für die Verbindung spenden sollten.

Der war tatsächlich Opfer weila seiba Sklave war, wie er der Verbindung beidrädn woid."

Der war tatsächlich Opfer, weil er selbst Sklave war, zum Zeitpunkt seines Beitritts.

„Und woher woast Du des?"

Und woher weisst Du das?

„Gestan am Monopterus war die Bedienung vom Café. Die hod ma ois verzäid.

Gestern am Monopterus war die Bedienung vom Café. Die hat mir alles erzählt.

Als mir dann hoamganga san, hammses überfoin und i hob grod no eingreiffa kenna, sonst warads scheise gwen.

Als wir dann heimgegangen sind, hat man sie überfallen und ich konnte grad noch schlimmeres verhindern sonst wärs schief gegangen.

Des war oana von dene Burschn ausm Café vo dera BetaAlpha -Verbindung. Anna kimmt um 10ne und macht ihr Aussog.“

Das war einer von den Burschen aus dem Café von der BetaAlpha-Verbindung. Anna kommt um 10 und macht ihre Aussage.

„Ahh Anna, soweit samma scho.“ „Jo Mei, immerhin hob i sie ja gerettet und dann hob is no hoambrocht.“

Ahh Anna, soweit sind wir schon. Und? Immerhin hab ich sie ja gerretet und dann hab ich sie noch nach Hause gebracht.

„Spinn neda Krocket, aus dem Oita bist raus. I säg doch scho wia deine Aung leichtn.

Spinn nicht Krocket, als dem Alter bist Du raus. Ich seh doch wie Deine Augen leuchten.

„Hast du dem Burschen der die Anna überfoin hod dtrachtler geschickt?" Na, sie hodn ned gnau kennt, moant aber er warad oana vo dene BetaAlphas, die a immer im Café sand.

Hast Du dem jungen Mann, der die Anna überfallen hat eine Streife geschickt? Nein sie hat ihn nicht genau erkennen können, meinte aber es wäre einer von den BetaAlpas aus dem Café gewesen.

Des überwachma heid aufd Nocht und i wui am Freitdog wissen ob ebba zu dem Treffn wos auf dera Bandansage is kimt.

Das Café überwachen wir heute Abend und ich möchte wissen was für Freitag auf der Bandansage zu hören ist.

Hod da Stangl wos gsagt ob der Computa vo dem Wiedmann was ergebn hod." „Na, i ruaf den Stangl glei numoi o."

Hat der Herr Stangl etwas gesagt ob die Analyse des Computers von dem Herrn Wiedmann etwas ergeben hat.

„Grias Di Stangl, habts Ihr eigentlich wos auf dem Computa vom Wiedmann gfundn?"

Grüß Dich Herr Stangl, habt Ihr etwas auf dem Computer vom Herrn Wiedmann gefunden?

„Du, bis jetza no neda.
Da is aber so fui verschlisselts Zeig drauf, des dauert no a Weng." „Ok, meidsd di wenns wos habts ok?" „Freili was sonst?"

Du, bis jetzt noch nicht. Da ist so viel verschlüsseltes Zeug drauf. Das dauert noch etwas. Ok melde Dich doch bitte wenn Du etwas hast. Selbstverständlich was denn sonst?

„I hob do die Frau Teubner fia Eich." „Ja, merci Sepp."

Ich bringe Euch die Frau Teubner. Vielen Dank Josef.

„Nimmst Du die Aussog auf, Krocket?" „Konn i maha."

Möchtest Du die Aussage aufnehmen, Krocket? Kann ich machen.

Seite 67

„Steini, mir schleichma uns Stiang auffi und schaung a moi durchs Schlüsselloch oder oans vo die Nachbarzimmer ob ma wos seng ok?"

Steini, wir schleichen uns die Treppe hinauf und schauen ob wir durch das Schlüsselloch oder in einem von den Nachbarzimmern etwas sehen köpnnen.

„Na Steini schaug auf die Manna." „Na i glaubs ja neda, des is ja unser Scheef."

Nein Steini, schaue Dir die Männer an. Nein ich gleube es nicht, das ist ja unser Vorgesetzter.

„Genau, da schaugst gä. Vo weng, so guad dad er den Kramerstoa ned kenna und und und. Ois glong."

Genau, da schaust Du aber oder? Von wegen, so gut würde er den Herrn von Kramerstein nicht kennen. Alles gelogen.

„Und was damma, Krocket?

Und was machen wir, Krocket?

Lass man überd Klinga springa oder schaugma dass man aussi bringan?" „Steini i glab mir ham mehra davo, wenn man aussi bringan, so mittelfristig

woast?" „Ahhhhhh Krocket, i verstäh wos du moanst."

*Lasssen wir ihn über die Klinge springen oder helfen
wir ihm da raus? Steini ich glaube wir haben mehr
davon wenn wir ihm helfen, mittelfristig weisst Du?
Aja Krocket, ich verstehe was Du mir sagen willst.*

Mir soitma schaung ob des der oanzige Zugang zu
dera Bumsstubm is."

*Wir sollten untersuchen, ob dies der einzige Zugang
zu diesem Raum der Sünde ist.*

Seite 77
„Moanst es woit da oana wos Krocket."

Meinst Du es wollte dir jemand etwas Böses Krocket?

„Na konn i mir neda vorstein, dann warad der ned
obghaut oder warad mir hintauffi gfahrn."

*Nein, kann ich mir nicht vorstellen. Dann wäre der
Täter nicht geflohen oder er wqäre mir gleich hinten
drauf gefahren.*

Seite 78

„Des kannt nadirli sei und oana soit di verfoing um zum seng, was du sonst no planst oder duast, um evtentuell friara zum wissen wos aufbassen miassen."

Das ist gut möglich und einer sollte dich verfolgen um zu sehen was du vor hast, planst oder tust um früher zu wissen auf was sie aufpassen müssen.

Seite 90

„Die moanan do i bin a Schwuchtl"

Die halten mich doch für einen Homosexuellen

Seite 101

„Herr Huaba, i moan sie gengnan moing in da fria zum Eisbach. So um achte.

Herr Huber ich glaube das Beste wäre sie gingen morgen Früh um 8 zum Eisbach.

Da san scho fui Leid do. Ziangs eana scho vorher den Neopren o und fahrns midm Radl hi. Nehmans eana Bredl und setztns eana ans Ufer. Bis eana oana ospricht.

Da sind schon viele Leute da. Ziehen sie sich vorher den Neopren an und dann fahren sie mit dem Fahrrad hin. Dann nehmen sie das Surfbrett und setzen sich ans Ufer bis sie jemand anspricht.

Dann laffts wia vo seiba, wernds seng. Mir samma imma bei eana und schaungma zua. Wenn irgendwos is einfacha SMS schika."

Sie werden sehen, dann läuft es wie von selber. Wir sind immer in ihrer Nähe und schauen zu. Wenn etwas ist, schicken Sie einfach eine SMS.

Seite 102
Steini fahr mi bitte ind Werkstatt, es is was schlimms bassiert." „Is ebba gsschtorbn?" „Ja mei Camaro."

Steini, fahr mich doch bitte in die Werkstatt. Es ist etwas Schlimmes passiert. Ist jemand gestorben? Ja, mein Camaro.

Seite 108
„Dua her den Zurrizarrer."

Gib mir das Fernglas bitte.

Seite 112
„Ah Koan**a**, ned wichdig." „So, ned wichdig, hod eher koan**e** gschribm oder?" „Na so a Werbezeig hoid." „A und da duast du immer glei antwordn?"

*Ach keiner, ist nicht so wichtig. So nicht so wichti, hat eher kein**e** geschriben oder? Frauensachen eben. Und da antwortest du immer gleich?*

Seite 113

„Du woast wos i dovo hoid, aber du bis oid gnua und scharf is des Madl ja ohne Ende." „Des derfstma glaum und sie verstäd mi und lasstma mei Freiheid." „Do bin i gspannt, des host beim letzten Moi a gsogt und dann hods doch glatte drei Wochan ghoidn." „Ja, aber desmoi hob i a anders Gfui, verstäst." „Krocket, du bist ja richdig verliabt." „Ja, unds is soo sche."

Du weißt, was ich davon halte, aber du bist alt ge-nugund das Mädchen ist schon sehr schön. Das darfst Du mir glauben und sie versteht mich und lässt mir meine Freiheit. Da bin ich mal gespannt. Das hast du beim letzten Mal auch schon gesagt und gehalten hats dann 3 Wochen. Ja aber dieses Mal habe ich ein ganz anderes Gefühl, verstehst Du? Krocket, du bist ja richtig verliebt. Ja und es ist so schön.

Seite 114

„Ein schöner Arsch, Krocket." „Du gä bass auf dasd deine Aung ned verblitzt."
„I hob doch mei Rita und mir san so glicklich. A zwoats Kind mengma woast. A Familie, wiris ma immer gwinscht hob."

Ein schöner Hintern. Pass auf dass Du Dir nicht die Netzhaut verblendest. Ich habe doch meine Rita und wir sind so glücklich. Wir hätten gerne ein zweites Kind, weißt du. Eine Familie, wie ich sie mir immer vorgstellt habe.

Seite 131

Schaug a moi segst di do drübm?" „Weiche?" „Blaue Sunnabruin, aufgsteckte Hoar, Tatoo am Fuasglenk und kurza Rog."

Schaumal, siehst Du die da drüben? Welche? Blaue Sonnenbrille, hochgesteckte Haare, Tatoo am Fussgelenk und kurzer Rock.

Seite 134

„So I ruaf jetza no an Schorsch o, dass der sie dera Drogensach onimmt".

So ich rufe jetzt den Georg an, dass er sich der Drogensache annehmen möge.

„Schorsch bist as du? „Ahhh da Steini, gibt's di ano?" „Schorschi, da Krocket und i hamd heid a moi Eier Arbat gmacht, weils es Stubmhocker gwiss blos Karten gspuit hobts" „Freili Steini, dodofia bist ja du auf da Stross, sonst miassadn mir ja oiss macha."

Georg, bist Du es? Ah der Steini, gibt es Dich auch noch. Lieber Georg, der Krocket und ich haben heute mal eure Arbeit gemacht, weil ihr Sesselpfurzer bestimmt nur Karten gespielt habt. Klar Steini dafür bist ja du auf der Strasse. Sonst müssten wir ja alles machen.

Seite 135

„Schaut scho guad aus, wos die do machan, findsd ned Krocket?" „Freili, aber i fangma a so a zeig ned no o in meim oita."

Sieht schon toll aus, was die da machen, findest Du nicht? Klar, aber ich möchte in meinem Alter so ein Hobby nicht mehr beginnen.

Seite 137

„Ok, mir ruafma den Michi o, der soi do im Hotel aufbassn wos der duad und wohi dass er gäd. Vorher soi a no mit da Sandra redn, ob die den Typn kennd. Und mir fahrma jetza numoi ind Mauerkircher und redn mid die Nachbarn."

Ok, wir rufen den Michi n. Der soll hier am Hotel auf-passen, was der Verdächtige tut und wohin er geht. Vorher soll er noch mit Sandra sprechen, ob die den Typen kennt. Und wir fahren jetzt nochmal in die Mauerkircher Strasse und reden mit den Nachbarn.

Seite 138

" „Bass auf du frogst jetza dei Gspusi, obs einen Jim-my Moses kennd und wos über den woas. Foto schick i da glei aufs Handy. Dann schnappst da an ZIVI-Wong und fahrst Leopold gegenüber Hilton und basst auf das uns der ned davo lafft.

Hör gut zu, du fragst jetzt deine Freundin, ob sie einen Jimmy Moses kennt und was sie über ihn weiss. Foto schick ich die glcih aufs Handy. Dann nimmst Du Dir ein ziviles Polizeifahrzeug und fährst in die Leopoldstrasse gegenüber dem Hilton-Hotel und passt auf, dass der uns nicht abhaut.

„Griaß eana, i bin Hauptkommissar Steininger und des is mei Kollege Krockberger. Mir hädma a boar Frong."

Guten Tag, das ist mein Kollege Krockberger und ich bin Hauptkommissar Steininger. Wir hätten ein paar Fragen an sie.

„Und wia ko i eana heifa?"

Und wie kann ich Ihnen helfen?

„Am zwoarazwanzigsten in da Fria, Ham Sie da eanan Mo so ummara sechse zum Getränkemarkt gschickt? Der Wortlaut war: bring aufm Heimweg no a Limo und a Cola mid oder so ähnlich."

Am zweiundzwanzigsten in der Früh haben sie da ihren Mann gebeten zum Getränkemarkt zu fahren? Der Wortlaut war: Wäre es dir wohl möglich auf dem Heimweg noch etwas Limonade und Cola mitzubringen oder so etwas Ähnliches.

„Der zworazwanzigste war letzde Wocha am Dienstdog", begann die Frau. „Am Mondog hob i dwasch gmacht und dabei im Kella gseng, dasd Getränke aus hand. Ja Herr Steininger des kon sei, dass i am Dienstdog sowas zu meim mo gsagt hob."

Der zweiundzwanzigste war letzte Woche Diensttag. Am Montag musste ich Wäsche waschen und konnte im Keller feststellen, dass unsere Getränke aus gegangen sind. Ja Herr Steininger es ist gut möglich, dass ich am Diensttag Morgen so etwas zu meinem Mann gesagt habe.

Seite 147
„Michi bring des Seil glei ind KTU und sog dene, Sie soins auf Spurn untersuacha und schaung obs zu unserm Foi bassen ko."

Mich, bringe das Seil bitte gleich in die KTU und sag den netten Kollegen, sie mögen es auf Spuren untersuchen und schauen ob etwas zu unserem Fall passen kann.

Seite 160
„Na, Du ruafst eam glei o und frogst wo des Auto hikemma is. Mir schaung uns des a moi gnauer o."

Nein, ruf ihn bitte gleich an und frag wo das Auto hingekommen ist. Wir schauen uns das mal genauere an.

Seite 178

„Spinnst Du? Was soidn des?" „I spring jetza do eini und dann suach i so long bis i wos gfundn hob. „Woast du wia koid das des is?" „Des is mir scheiß egal."

Spinnst Du, was soll denn das? Ich springe jetzt da rein und suche so lange, bis ich etwas gefunden habe. Weisst Du wie kalt das ist? Das tangiert mich nur pripher.

Seite 182

„I gä mid die Hund bachabwärts und du Steini gäst zu die andern ummi, Michi Du gäsd mid die Stangaleid mid"

Ich gehe mit den Hunden bachabwärts und du Steini gehst zu den anderen rüber, Michi du gehst mit dem Suchstangentrupp mit.

Seite 190

„Mir ham no a Stäi frei und da Schmitz warad einverstandn wennst di bewirbst. Is quasi nur a Formsach, wennst Lust host"

Wir haben noch eine Stelle frei und Herr Kriminaldirektor Schmitz wäre einverstanden, wenn Du sich bewirbst. Ist reine Formsache, wenn Du Lust hast.

„Sauguad, dann herzlich willkommen, Schick dem
Schmitz a Mail und dann schaugst, dasd den
Schreibdisch do hind so schnei wia möglich eiramst
und dann gäds los"

*Sehr Schön, dann herzlich willkommen, schick dem
Herrn Kriminaldirektor Schmitz eine eMail und dann
räum als Bald Deinen Schreibtisch da hinten ein und
schon geht es los.*

„Und mir fahrma jetza a moi ins Grangahaus und
sprächma mit dera Verucktn."

*Und wir fahren jetzt ins Krankenhaus und sprechen
mit dieser geistig verwirrten Dame.*